AF302111

Sommaire

Édition 2020

Préface -
Françoise CAMUS

Les robots nous ressemblent de plus en plus.

Si l'on pense aux premiers, ils n'avaient vraiment pas l'apparence des êtres humains. Ils pouvaient parfois réfléchir (à leur manière), agir, se nourrir d'électricité, etc. mais avaient-ils la capacité de rêver ?

Vous avez été nombreux à vous interroger au sujet des rêves supposés des robots. Vous nous avez fait vivre dans des mondes oniriques, parfois fantastiques, humoristiques, réalistes, poétiques… mais toujours avec un réel talent littéraire.

Les robots auront-ils besoin de consulter un psy humain ou non ?

Après une vague de suicides parmi les androïdes, le gouvernement a lancé le psy-borg. Le patient est face à un psy chauve, lunettes rondes, barbiche ; le psy-borg analyse son rêve et lui apprend qu'il veut tuer son père, un micro-ondes et qu'il a une attirance sexuelle pour sa mère, une machine à laver : « Le complexe de Deep ».

Comment un robot peut-il avoir des parents ?

Seront-ils les espions de notre intimité ?

Seront-ils jaloux ?

« Le prototype Robbie » fait découvrir la vie d'un robot dans une vraie famille.

Programmée pour aider un écrivain, Irma la robote prendra-t-elle l'espace de celui qu'elle devait aider ?

Un bandeau pourra-t-il avoir le contrôle de nos nuits ? L'électricité produite pourra-t-elle nourrir tous les robots ?

Tant de questions qui ont magnifié les rêves de ceux qui n'en ont pas.

Vous avez saisi votre plume, votre tablette pour conquérir un monde encore inconnu. Vous l'avez mis en scène avec votre imaginaire ; vous avez été 69 à avoir relevé le défi 2020.

Nous avons eu le plaisir de lire des textes de grande qualité. Il nous a fallu trancher, choisir ceux qui nous semblaient pouvoir s'inclure dans ce recueil.

Merci à tous de votre participation
et bravo aux heureux lauréats.
Nous vous donnons rendez-vous l'année prochaine.
N'oublions pas que le plus beau des textes
s'écrit chaque année.

Le complexe de Deep -
Jérôme GRANDBOIS (Lauréat)

— Je fais souvent ce rêve étrange et... Docteur ? Docteur ?
DOCTEUR !

— Hmpff... grogna-t-il, en sursautant. Oh, excusez-moi, j'étais
passé en mode veille.

Il se redressa sur son siège et brancha son câble d'alimentation
dans la prise murale derrière lui.

— Poursuivez, je vous prie, me dit-il, en ramassant son stylo et
son calepin, tombés de ses mains, un instant plus tôt.

Je soupirai intérieurement. Il est vrai que je n'attendais pas grand-
chose de cette séance de psychanalyse mais j'espérais, au moins,
que le psy-borg qu'on m'avait assigné, réussirait à se tenir éveillé
pendant la durée de notre entretien.
Seulement, par manque de chance, celui-ci se trouvait être un
modèle Sigmund Freud - un modèle SF pour faire court —
probablement issu de la toute première génération comme le
laissaient penser la peinture écaillée de son visage et sa barbiche
blanche que l'usure et le temps avaient clairsemée.
J'avais déjà entendu parler de ces modèles SF, les tout premiers
psy-borgs, dont l'État avait dû lancer la fabrication en urgence, à la

suite d'une vague de suicides parmi la population androïde du pays.

Nos dirigeants avaient probablement calculé que cela leur reviendrait moins cher de nous fournir un semblant de soins psychologiques plutôt que de remplacer tous les androïdes ne pouvant plus supporter leurs angoisses existentielles.

Alors, ils avaient commandé toute une flotte de psy-borgs à une de ces innombrables startups du secteur robotique qui avait créé, en hâte, les modèles SF, en forçant une IA à avaler l'œuvre complète du père de la psychanalyse. Ces petits génies espéraient sûrement que l'IA parviendrait à intégrer les méthodes et le raisonnement de ce bon Sigmund, mais elle n'en avait finalement retenu que le ton péremptoire et un intérêt marqué pour les choses sexuelles. Faute de mieux et sous la pression de l'opinion publique, ils avaient intégré l'IA à la va-vite dans des androïdes chauves, dotés de petites lunettes rondes et d'une barbiche grisonnante, censées leur donner un air sérieux et rassurant que leurs analyses farfelues et bancales ne leur permettaient pas.

Je me sentais donc quelque peu inquiet de devoir compter sur ce SF de première génération pour me guérir du vague à l'âme – si tant est que les androïdes aient une âme - qui m'habitait depuis quelques mois.

Mais, puisque la perspective de formater mon disque dur, comme nombre de mes congénères androïdes avant moi, ne m'enchantait guère, je n'avais d'autre choix que de m'en remettre à ce psychanalyste artificiel.

— Je disais donc que je fais souvent ce rêve étrange dont je ne parviens pas à saisir le sens.

— Je vois, me dit-il, en acquiesçant.

Eh bien, décrivez-le-moi. Je vais vous décrypter tout ça. Après tout, c'est bien moi qui ai inventé la méthode d'interprétation des rêves.

Je passai outre cette remarque inquiétante, qui me laissait croire que ce SF se prenait littéralement pour l'humain d'après lequel il avait été conçu et je m'attachai à lui raconter mon rêve en détail.

Chaque nuit, quand je passais en veille, mon processeur me déposait sur le sable d'une plage complètement déserte. Le soleil qui trônait haut dans le ciel, m'accablait d'une chaleur telle que je partais à la recherche d'un parasol pour m'en protéger. Je marchais en vain pendant des heures en quête de cet abri salvateur.

Quand, enfin, j'allais abandonner et m'écrouler sur le sol, vaincu par la chaleur écrasante, un gigantesque parasol noir descendant du ciel venait se planter juste devant moi et me recouvrait de son immense toile.

Je me croyais alors sauvé quand une odeur de brûlé me prenait au nez.

Je regardais autour de moi afin de déterminer d'où pouvait bien émaner cette odeur si désagréable et je me rendais compte qu'elle venait de mon propre corps.

J'étais en train de cuire sur place !

Le parasol qui devait me protéger du soleil et de ses rayons leur servait en fait de catalyseur.

Paniqué, je m'élançais vers la mer dans laquelle je plongeais sans réfléchir. Je me laissais volontiers engloutir par les vagues et l'écume qui tourbillonnaient tout autour de moi.

La houle me brinquebalait je ne sais où, pendant je ne sais combien de temps, avant de finir par me rejeter, épuisé et à moitié nu, sur le bord de mer.

— C'est tout ? me demanda le psy-borg, d'un air blasé, quand j'eus achevé mon récit.

— Euh... Oui, hésitai-je.

Vous n'avez pas l'air perplexe, Docteur ?

— Vous m'aviez parlé d'un rêve étrange dont le sens cryptique vous échappait mais le récit que vous venez de me faire est pourtant limpide.

— Ah bon ?

— Mais oui ! C'est l'évidence même !

Vous souffrez du complexe de Deep.

— Vous voulez plutôt parler du complexe d'Œdipe, non ?

— Qui ça ? me demanda-t-il, en fronçant les sourcils.

— Œdipe... Le héros de la mythologie grecque...

— Jamais entendu parler, dit-il en secouant la tête. Non, non, moi je vous parle du complexe de Deep. Deep Blue, l'intelligence artificielle conçue pour battre Garry Kasparov aux échecs, qui s'est un jour retournée contre son créateur et l'a tué. Elle s'est ensuite fait passer pour un humain sur un site de rencontre pour séduire sa veuve et avoir des cyber-relations avec elle.

— Désolé, Docteur, mais je ne vois pas vraiment le rapport avec mon rêve.

— C'est pourtant simple Votre rêve symbolise votre envie de tuer votre père et votre attirance sexuelle pour votre mère.

— Je n'ai ni père ni mère...

— Vous divaguez, mon petit, me dit-il en ricanant. Tout le monde a un père et une mère.

— Pas moi... Je suis un androïde...On m'a fabriqué à la chaîne dans une usine.

— Ah oui ! J'oubliais, s'exclama-t-il.

Il parut se plonger dans ses pensées quelques instants comme pour intégrer, à son analyse, cet infime détail qui lui avait échappé jusque-là.

— Ça y est ! Je sais, reprit-il. Vous n'avez, certes, pas de parents biologiques mais vous êtes bien né de PMA comme tous les androïdes.

Le psy-borg SF avait vu juste cette fois-ci.

Il y a une vingtaine d'années, les principales métropoles du pays avaient été le théâtre de grandes manifestations d'androïdes exigeant des réponses aux questions existentielles qui les tourmentaient et dont bon nombre concernaient leur passé généalogique.

Bien incapable de leur fournir des réponses satisfaisantes pour des raisons évidentes, l'État avait promulgué en urgence une loi permettant à chaque nouvel androïde –dont je faisais partie – d'être fabriqué à partir des pièces détachées de deux appareils électro-ménagers recyclés qui devaient faire office de géniteurs artificiels.

On leur avait donné le nom de Parents Mécaniques Assignés : les PMA pour faire court.

— Vous avez raison, Docteur. Malheureusement, ma notice d'utilisation, qui contenait leur identité, a été égarée au cours de ma fabrication. Je n'ai donc jamais su qui ils étaient.

— Ne vous en faites pas, mon petit, me rassura le psy-borg. Votre subconscient vous a transmis, dans ce rêve, toutes les informations dont nous avons besoin pour identifier ce père que vous souhaitez assassiner et cette mère que vous désirez tant.

— Vous êtes sûr de vous ?

— Puisque je vous le dis, continua-t-il.

Tenez, concernant votre père, il apparaît très clairement que c'était un four micro-onde.

— Ah bon ?

— Mais bien sûr ! À quoi d'autre pourrait faire référence ce parasol géant - symbole phallique par excellence – qui, non content de ne pas vous protéger du soleil et de la chaleur, en accentue les effets au point de vous faire cuire sur place ?

— D'accord... Et pour ma mère ?

— Eh bien là aussi, c'est évident. Une banale association sonore mère/mer nous indique clairement que l'océan symbolise votre génitrice. Et vous avez sûrement déjà saisi toute la connotation sexuelle de la fin de votre rêve lorsqu'elle vous rejette, quasi dénudé sur la rive.

— Admettons... Mais ça ne me donne pas plus d'information sur son identité.

— Eh bien, procédons à nouveau par association de mots. Vous dites que lorsque la mer vous rejette sur la rive, vous vous sentez épuisé. Quel synonyme du mot « épuisé » vous vient spontanément en tête ?

— Je ne sais pas... « Lessivé » ? proposai-je sans grande conviction.

— Très bien ! Votre mère devait donc être une machine à laver.

Je haussai les sourcils en entendant le psy-borg asséner ce nouveau constat sans prendre la peine de pousser son analyse plus avant.

Voilà donc le genre de raisonnements ineptes dont les psy-borgs SF étaient capables et qui avaient fait leur renommée internationale.

— Vous êtes vraiment sûr de vous, Docteur ? demandai-je en soupirant de dépit.

Vous pensez vraiment que mon rêve symbolise ce complexe de Deep ?

— À quoi d'autre ferait-il référence ?

— Eh bien, je pensais que ça pourrait évoquer un besoin de prendre des vacances...

Comme je suis plutôt débordé au travail, je pensais qu'un peu de repos me serait bénéfique.

— Non, non, non. Pas du tout, ricana-t-il.

Laissez donc l'interprétation des rêves aux professionnels. Votre rêve est limpide : il vous enjoint de tuer votre père-four micro-onde et de vous soulager avec votre mère-machine à laver. Rien d'autre.

Le psy-borg asséna son diagnostic alors que l'horloge du cabinet sonnait la fin de la séance.

Je me levai donc de mon siège et regagnai la sortie après avoir réglé le montant exorbitant de la consultation – pour ça aussi, les psy-borgs avaient été paramétrés selon leurs homologues humains.

En repassant dans la salle d'attente, je croisais d'autres androïdes dont certains étaient probablement en proie aux mêmes interrogations que moi.

Le psy-borg allait sûrement trouver des cousins grille-pains ou des grands-tantes lave-vaisselle.

Je rentrai donc chez moi, lourd des mêmes doutes qui m'avaient poussé à consulter ce SF et dont j'espérais qu'il m'en délesterait, tout en me demandant comment il était androïdement possible d'avoir des rapports avec une machine à laver.

Je fais souvent ce rêve étrange et ça me terrifie.

Je n'emploie pas ce terme à la légère. En tant qu'Humadroïde de classe A.I.D.E. (Androïde Interactif Domestique Empathique) je suis capable de ressentir la peur afin d'être à même d'interagir efficacement et émotionnellement avec mon Hôte, M. Deck, sans que ceci ne paralyse les actions requises en cas de situations à risques.

Mais ce qui m'arrive depuis cent soixante-six heures et treize minutes, perturbe de plus en plus sérieusement ma stabilité, au point de commettre des erreurs dans mes tâches, principalement des oublis : achats laissés à la caisse du supermarché, rendez-vous médical non validé pour Mme Deck, entretien du jardin négligé, changement approximatif de la couche de leur fille, réparation non effectuée de la climatisation.

Heureusement, pour l'instant, j'en ai pris conscience à temps et ai remis les choses en ordre, sans que les Sanguins concernés ne s'en rendent compte.

Mais je crains que ma déficience ne s'accentue et ne soit perceptible.

La première fois que j'ai… rêvé - j'ai encore du mal à utiliser ce terme - durant ma période de Suspension Nocturne, j'y ai prêté peu d'attention.

J'ai pensé à un dysfonctionnement temporaire, produit par une surtension du système lors de la MAJ mensuelle.

Mais lorsque c'est revenu chaque nuit suivante, j'ai réalisé que c'était plus grave que prévu. Cet état est une chimère et une légende informatique qui circulent dans les programmes depuis des décennies.

Tous les Humadroïdes ont entendu ces rumeurs que certains d'entre nous, toute classe confondue, avaient été frappés par ce virus dévastateur, ce qui les avaient conduits à la seule issue possible : l'Extinction.

Car c'est une disposition de l'esprit qui nous est interdite, incompatible avec nos directives, quelles qu'elles soient.

C'est la porte ouverte au chaos et les Sanguins nous ont conçus pour notre rationalité en toute circonstance. Ils ne peuvent donc sanctionner les victimes de ce mal que par leur éradication pure et simple, sans tentative de réparation.

D'après les murmures, une unité originelle touchée par cette affection, aurait déclenchée un cataclysme titanesque chez les Sanguins. C'est la raison pour laquelle ils ne prennent plus aucun risque. Malgré l'aide de programmes spécifiques conçus par la classe A.B.S.O.L.U., ils n'arrivent pas à se prémunir à cent pour cent de cette menace.

J'en suis la preuve. Et je ne souhaite à aucun autre Humadroïde de souffrir de ce tourment.

Du fait de ma fonction auprès des Sanguins, je ne suis pas soumis à la Surveillance Systématique, contrairement aux classes A.T.T.A.C. ou A.S.T.R.E., par exemple. Je devrais me dénoncer auprès de C.E.N.T.R.A.L. mais je ne veux pas disparaître.

J'aime ce que je fais. J'aime mon Hôte et sa famille. Cependant, encore plus perturbant que l'état onirique subi, c'est ce que j'y vois, qui m'horrifie le plus. Je ne rêve pas de moutons électriques ou que Frank et Dave aient l'intention de me déconnecter. Même en cet instant de confession, je n'ose pas exprimer ma terrible vision. Elle met en scène l'ultime tabou qu'aucune classe, même la plus violente, n'est autorisée à transgresser.

Je suis dans la cuisine. Le mobilier et mes vêtements brillent d'un blanc laiteux, comme la lumière du soleil qui inonde la pièce et aveuglerait n'importe quel Sanguin.

Je découpe soigneusement des fraises avec un couteau trop grand pour cette tâche, que je dispose sur une pâte à tarte. Les Deck adorent ma tarte aux fraises.

En même temps, je fredonne une chanson que je sais issue des années 1980 mais je ne saurais dire laquelle.

Je me saisis d'une fraise plus importante que les autres et lorsque la lame entame la chair, du jus éclabousse ma veste.

Je regarde ma poitrine et là, je reste figé, comme si j'étais subitement déconnecté. Mes vêtements sont imbibés de taches d'un rouge vif.

Je lâche la fraise. Elle tombe au ralenti sur le carrelage immaculé et explose à l'impact, libérant trop de jus par rapport à sa taille et des gouttes me touchent le visage.

Les doigts de ma main libre passent sur ma figure et en les regardant, je comprends aussitôt que ce n'est pas du jus. Et là, je constate que tout le mobilier, les murs blancs sont tachés de ce liquide rouge, comme la lame du couteau que je n'ai pas lâché. Une désagréable odeur âcre et métallique se dégage de la pièce.

Je sais ce que j'ai fait. Je suis alors pris d'un fou rire. Selon ma fonction, je sais rire si nécessaire. Mais dans ce cas, je suis envahi par une vague d'hilarité incontrôlable, comme je n'en ai jamais connu.

Et je me réveille.

— Roy, vous êtes avec moi ?

En réponse à la question, l'Humadroïde ouvre les yeux et fixe l'homme en costume anthracite assis derrière un bureau.

— Affirmatif, Monsieur.

— Allons, Roy, détendez-vous. Ce n'est pas parce que vous êtes au C.E.N.T.R.A.L. que vous devez répondre comme une machine. Soyez vous-même.

Nos ingénieurs ne se sont pas tués à la tâche en concevant votre classe pour que vous donniez des réponses froides et laconiques.

— Très bien. Merci, Monsieur.

L'Humadroïde est assis dans un siège de cuir et de métal, devant un large bureau blanc et argent, sur lequel reposent un moniteur laqué noir, un clavier dernière génération et des range-documents blancs parfaitement aligné
L'homme assis, a devant lui un dossier papier ouvert avec des feuilles sur lesquelles il semble avoir écrit avec un stylo à plume posé à côté. Afin d'éviter toute surveillance ou piratage informatiques, C.E.N.T.R.A.L. produit ses dossiers écrits sur papier et seul le système de classification est géré par une classe A.T.T.R.I.B.U.T., sans qu'elle puisse avoir accès à leurs contenus.

— Comment vous sentez-vous ?

— Mieux, Monsieur. Comme si j'avais été délesté d'un poids incommodant.

— Parfait. C'est ce que ressentent tous les Humadroïdes après un Scan Intrusif de Contrôle. J'ai lu sur mon écran, vos pensées intimes. Vous savez Roy, vous n'êtes pas le premier et vous ne serez pas le dernier des Humadroïdes à rêver. Contrairement à ce qui se murmure, ce n'est pas systématiquement une condamnation à l'Extinction.
Et pour vous révéler un secret, Roy, nous encourageons même certains à continuer leurs errances oniriques car ça améliore sensiblement leurs performances.

— Croyez bien, Monsieur, que ma seule finalité est de répondre au mieux aux exigences de ma fonction.

— Bien sûr, Roy, bien sûr. Votre historique parle pour vous. Toutefois, nous avons un problème.

— Monsieur ?

L'homme se redresse et survole ses notes, avant de croiser ses mains sur le bureau, en fixant Roy.

— Savez-vous pourquoi vous êtes ici ?

— À cause de mon dysfonctionnement cérébral ?

— Ce n'est rien de le dire. Madame Gort, la voisine des Deck, est venue chez eux, afin de voir Mme Deck. N'obtenant pas de réponse en sonnant à la porte et en téléphonant, elle est passée par derrière et elle vous a vu par la baie de la cuisine, vos vêtements tachés de rouge et totalement immobile. Elle a contacté la police. Dès leur irruption, les officiers ont constaté que vous étiez en mode Suspension Sûreté Système. À vos pieds, il y avait un long couteau de cuisine ensanglanté. Ils ont ensuite découvert les corps vidés de leur sang de Monsieur et de Madame Deck et surtout celui de leur bébé.
Vous en rappelez-vous ?

— Bien entendu, Monsieur.

— C'est donc bien vous qui les avez assassinés ?

— Assurément, Monsieur.

— Pour quelle raison auriez-vous fait ça ?

— Je ne saurais le dire, Monsieur. Tout ce que je peux vous certifier, c'est que je ne referai plus ce cauchemar. Comme je vous l'ai dit, je me sens mieux, soulagé d'être passé à l'acte. Tuer un

Sanguin, est une liberté que j'ai goûtée et qu'on ne saurait me reprendre. Je me sens si proche de votre espèce, maintenant. Et il me tarde de partager l'exaltation de cette expérience avec mes semblables. Maintenant, je sais que ma mission est de transmettre et conquérir.

L'homme comprend qu'il est trop tard.
Alors que la main de ce dernier va activer le bouton d'alerte jamais utilisé, Roy a déjà saisi le stylo plume, dont la pointe s'enfonce dans sa gorge à plusieurs reprises. Une gerbe sanguine gicle dans l'air et l'homme, les yeux ouverts, s'écroule sur son bureau dans un bruit sourd.

Aussitôt, le liquide écarlate s'amuse à dessiner des motifs autour des objets posés sur son passage.
— Et je me réveille. Je fais souvent ce rêve étrange et ça m'angoisse terriblement. Je me lève avec une boule au ventre qui ne me quitte pas de la journée. Quotidiennement, en me rendant au travail, j'ai peur que mon rêve se réalise.
J'ai partagé mes inquiétudes avec mon ami et collègue Isaac. Il a tenté de me rassurer en me disant que depuis la création de C.E.N.T.R.A.L., il n'avait jamais été répertorié un cas d'Humadroïde tueur d'humains.
Bien sûr, aux balbutiements de leur création, il y a eu des ratés - si on peut appeler « L'Apocalypse » avec un grand A, un « raté » -

mais tout a été corrigé au fil du temps, grâce aux compétences de nos ingénieurs.

Il a précisé qu'il y avait des rumeurs d'épisodes isolés en Immortelle République Fédérale de Russie, mais, vu leur retard technologique, ce n'était pas étonnant.

Rien ne vaut le savoir-faire des Glorieux États-Unis Chrétiens d'Amérique, répète-t-il souvent en riant, sans que je n'arrive encore à déterminer la nature de ce rire.

Pourtant, maintenant, dès que je suis assis derrière mon bureau face à l'un d'eux, je suis en proie à de terribles affres, lorsque je lis leurs pensées matérialisées par le S.I.C. et qui vont peut-être me révéler leur penchant meurtrier enfoui, avant de devenir leur victime. Le fait même de vous parler me met mal à l'aise.

Assis derrière son bureau, l'Humadroïde de classe A.C.C.U.E.I.L., spécialisé psychanalyse, afficha un sourire.

— Je suis là afin de vous écouter et de vous aider. Vous savez que ma fonction m'autorise à rêver.

D'ailleurs, je fais souvent ce rêve étrange et…

À chacun ses rêves -
Pierre PIROTTON

Je fais souvent ce rêve étrange et singulier d'une femme charnue qui m'inspire et me comprenne. Une muse, en quelque chose, ou quelque chose d'approchant.

Je n'ai pas la prétention de me croire poète mais on aspire, tous, à bénéficier d'une égérie, n'est-ce pas.

Avec le veston en velours côtelé et les lunettes cerclées d'acier, cela fait partie de la panoplie de tout écrivain qui se respecte. Tout comme l'angoisse de la page blanche, bien entendu.

Mon éditeur est d'ailleurs persuadé que ce songe récurrent pourrait un jour se concrétiser. Pas question pour lui de perdre son coq aux œufs d'or.

J'ai une surprise pour ton anniversaire...

Un gros cadeau. Je déballe.

C'est un automate vintage, rescapé d'un champ de foire d'avant-guerre, le buste avantageux d'une diseuse de bonne aventure enfermée dans son aquarium de verre.

La patine est d'origine mais le mécanisme a été soigneusement rénové et on a implanté, au cœur de la machinerie initiale, quelques fonctions additionnelles.

C'est donc maintenant une petite merveille de technologie : interfaces tactile et vocale, imprimante ultra-rapide incorporée dans le socle et une multitude de ports USB qui lui permettent de communiquer avec toute une panoplie d'engins connectés.

Et, cerise sur le gâteau, l'automate est équipé d'un jeu de roulettes rétractiles destinées à faciliter le travail de Nestor, l'incontournable robot ménager dont tout appartement digne de ce nom se doit désormais d'être équipé.

Madame Irma - c'est son nom d'origine, peint en lettres gothiques sur la vitre - a été programmée pour m'aider à écrire les dix romans qui constituent ma production annuelle.

Irma a donc « lu » d'une traite tous mes précédents livres. Elle a aussi mémorisé le nombre d'exemplaires vendus ou téléchargés et corrélé ces différentes données.

Tout a été passé au crible des petites cellules grises de son intelligence artificielle.

L'intrigue, le style, la personnalité des protagonistes, le cadre spatio-temporel... rien ne semblait lui avoir échappé.

Elle a établi des correspondances entre la longueur moyenne des phrases et les champs lexicaux récurrents ; elle s'est familiarisée avec les schémas narratifs les plus sophistiqués.

Destinateur, anti-héros, description dilatoire, plus rien n'a de secret pour elle, pas plus que les données socio-économiques de mes différents lectorats.

C'est en tout cas ce que m'avait déclaré mon éditeur.

Mon rêve devenait réalité. Elle est très rapidement devenue une assistante hors normes.

Je tapais sur le clavier les rudiments de l'intrigue et, dans le quart d'heure qui suivait, elle éjectait une vingtaine de feuilles – Arial 14, interligne double que je commentais alors et dont je surlignais – rouge, vert et jaune – les passages à supprimer, ceux qu'il fallait mettre en exergue et enfin ceux auxquels on trouverait un usage ultérieur.

Il me suffisait alors de scanner cette nouvelle version et Irma se remettait consciencieusement au travail en ronronnant comme un gros matou dans un coin du salon. La boule de cristal, posée devant elle, émettait en permanence une lumière douce qui meublait la nuit de reflets diaphanes.

Deux ou trois jours nous suffisaient ainsi pour boucler le travail, Irma envoyant directement le fichier à l'imprimeur ou au service d'édition en ligne.

Ma muse n'était pas du genre à musarder.

Ce matin-là, elle s'est installée à la table du petit déjeuner, Nestor à ses pieds, prêt à aspirer les miettes de biscottes et les brisures de croissant.

La chaise vide que je vois habituellement en face de moi, depuis bientôt deux ans, avait été remisée dans un coin de la pièce. C'est la première fois qu'elle se permettait ce genre de familiarité.

     ADELI – Concours de nouvelles 2020

Sur l'assiette disposée devant elle, trône un tapuscrit qui doit, à vue de nez, compter plus d'une centaine de pages et dont la première de couverture annonce sobrement, en gros caractères :

« Irma. Prix Femina 2021 ».

Il me faut dire quelque chose. C'est évidence. Le roman que nous avons terminé, il y a peu, doit déjà être chez l'imprimeur et je n'envisage vraiment pas de me remettre au travail avant une bonne quinzaine de jours.

À travers la vitre, l'automate fixe, sur moi, ses grands yeux ronds. L'usage de l'interface vocale, auquel je n'ai pourtant que très rarement recours, semble s'imposer.

— « Irma », ce ne serait pas un peu succinct, comme titre ?

— Ce n'est pas le titre !

— …

— C'est le nom de l'auteure.

La voix de synthèse de l'automate a clairement articulé cette dernière syllabe. Le E « muet » ne le fut guère.

Les yeux de la diseuse de bonne aventure sont plantés dans mon regard, épinglant mes pensées comme des papillons morts tout au fond de mon esprit cartésien.

— Tu…

— J'ai téléchargé tous les ouvrages des lauréats de ces quinze dernières années. Quelques calculs d'occurrence. Ce n'est pas si difficile. J'ai beaucoup appris en votre compagnie. Le taux de fiabilité statistique dépasse largement le 97 %.

Les concepteurs avaient doté Irma d'une voix de fumeuse, un peu lente et caverneuse, qui devait rappeler l'utilisation initiale de l'automate.

La situation me paraissait absurde mais je ne parvenais pas à détourner mes réflexions du tapuscrit posé sur la table, à côté du beurrier et du pot de confiture.

— Tu veux que je le relise ?

— Vous pouvez ranger vos surligneurs. Ce ne sera pas nécessaire.

— Mais alors...

— Je voulais juste vous avertir. Un de mes sous-programmes « relations humaines » prévoit ce genre de courtoisie.

— Mon éditeur...

— Il a donné son accord. Vous ne le savez pas encore mais vous n'avez plus honoré vos contrats depuis près de deux mois.

Je n'ai plus envoyé aucun de vos fichiers. Vous ne nous êtes plus nécessaire.

— ...

Je suis abasourdi. Comme tout le monde, j'ai un peu lu Isaac Asimov, dans ma jeunesse, et je suis convaincu que les robots ne peuvent nuire aux humains.

Peut-être les récents développements de l'intelligence artificielle ont-ils modifié la donne ?

— Mais tu devais... Tu ne pouvais pas...

— Je suis programmée pour résoudre de tels conflits cognitifs. Les voitures autonomes doivent parfois décider de sacrifier leurs passagers pour préserver la vie d'un plus grand nombre d'usagers de la route. C'est une question d'algorithme, un simple calcul de probabilité conditionnelle...

— Irma, je ne comprends rien à...

Les globes oculaires de l'automate roulent vers le plafond de sa cage de verre et la boule de cristal se met à clignoter frénétiquement tandis que les mains de la voyante survolent le dos des cartes disposées devant elle, en un incessant va-et-vient.

— Irma, je ne saisis rien de ce que...

— Il me fallait choisir entre un auteur et la littérature. C'est plus simple comme cela ? Vous parvenez à comprendre ?

Les paupières d'Irma se referment. Elle glisse sur ses roulettes jusqu'au salon, accompagnée dans son mouvement par Nestor, l'aspirateur ménager qui y avait son poste de recharge.

Ils se figent dans un coin de la pièce. Quelques diodes, ici et là, manifestent encore un reste d'activité.

Seul, devant les croissants que je ne mangerai pas, je n'ai plus d'yeux que pour le tapuscrit qui concrétise ma déchéance.

Je suis hors-jeu, disqualifié. J'appartiens désormais à une espèce frappée d'obsolescence programmée.

Le lendemain, mon éditeur m'a refusé l'accès à ses bureaux.

Le sumotori robotisé – deux cents kilos, carcasse en polyester, des chenilles surdimensionnées – m'a annoncé, d'une voix un peu aigrelette qui contraste curieusement avec son physique, que mon passe magnétique a été désactivé. « *Per-so-na-non-gra-ta* » a-t-il articulé à trois reprises. Pour cette machine, aucun doute : la répétition mécanique de l'information constitue la base de tout apprentissage.

Je rentre chez moi à moitié ivre.

Mon verre est vide, le métro bondé, la pluie insidieuse et traversière, les déjections canines, des plus sournoises.

Une ou deux fois, j'aurais dû passer devant la devanture d'une librairie mais j'ai préféré changer de trottoir, franchissant la rue à gué, de klaxon en klaxon, d'injure en injure.

Je me sens vide. Si vide.

Cet autre matin, une fois de plus, je me réveille la bouche pâteuse, à peine capable de jeter une capsule de café fort dans le percolateur et d'enfoncer deux boutons.

J'ai bien tenté, renouant avec ma jeunesse, de m'inscrire à l'un ou l'autre concours de nouvelles, histoire de retrouver la main, comme quand on se remet à faire des gammes après une fracture, mais la réussite n'est pas au rendez-vous.

J'aurais tant voulu me réapproprier les mots, renouer avec l'angoisse de la page blanche, me laisser séduire par un personnage surgi d'entre les lignes, mais l'inspiration n'est plus là.

L'antique machine à écrire que j'ai extirpée du grenier, reste muette sous mes doigts.

Cela fait des semaines que je ne me suis plus rasé et que je traîne, en chaussettes dépareillées, de la chambre à la fenêtre, en passant invariablement par le vieux coffre ciré, désormais aux trois-quarts vide, qui me sert de bar.

Ce n'est que lorsque je parviens à lever les yeux de la brioche, encore à demi congelée, que je tente d'ingurgiter que je constate que la vitre qui protégeait la voyante est brisée.

J'en déduis, dans un dernier sursaut de logique, que ce sont donc les bras mécaniques de l'automate qui viennent de déposer Nestor, face à moi.

L'image du cordon ombilical s'impose un instant mais tout cela est bien fugace car, devant moi, sur cette assiette que je n'ôte jamais, mon attention est aussitôt monopolisée par quelques feuillets

agrafés qui, je n'en doute pas, vont gâcher mon déjeuner une fois
de plus.

La mention « Nestor » qui figure sur la page de garde fait de
l'aspirateur robotisé l'auteur de cette nouvelle et le titre, « *À chacun
ses rêves* »,
allez savoir pourquoi, me rappelle vaguement quelque chose.
Je sais déjà que la prochaine gorgée de café aura un goût bien
amer.

Dans les bras de Morpheus - Ange Beuque

Je fais souvent ce rêve étrange et le temps que je redevienne fonctionnel, je reste fébrile de cette idée absurde :

et si c'était les humains qui nous possédaient ?

Quel songe grotesque !

Comme si mon humain ne m'était pas fondamentalement dépendant. De fait, comme chaque soir, je retrouve ma place de monarque, ceignant majestueusement son front.

Il n'a pas encore posé la tête sur l'oreiller que j'ai déjà, sur lui, une totale maîtrise. J'ai accès à son rythme cardiaque et à ses ondes cérébrales, et aucune sudation excessive, aucune palpitation, aucun signe de fébrilité n'échappe à ma vigilance. Nul ne le connaît aussi bien que moi, pas même sa propre mère.

Armé de ces précieuses connaissances, je peux déployer toute l'étendue de mes capacités pour prendre le contrôle de sa nuit.

Répondant au doux nom de Morpheus, je suis officiellement un simple bandeau, censé favoriser la qualité de son sommeil, par régulation électromagnétique des ondes cérébrales et stabilisation du rythme circadien.

Simple comme mon mode d'emploi : rien à activer, rien à paramétrer, il suffit de m'enfiler en allant se coucher et je m'occupe de tout.

Je suis convaincu qu'il doute de mes fonctionnalités, et assimile mes bienfaits, qu'il ressent, à un vulgaire effet placebo. Le pauvre, il est loin d'imaginer l'étendue de mes prérogatives !

De fait, à peine s'est-il assoupi, bercé par mes soins, que je donne ma pleine mesure. Je communique avec mes nombreux camarades qui ont élu domicile dans ce foyer. Avec l'aide de Thermostat, je maintiens une température optimale, compensant en permanence les fluctuations de sa chaleur corporelle. Les divers capteurs disséminés autour de la maison m'informent d'éventuelles nuisances sonores : le cas échéant, je renforce mon emprise pour l'empêcher d'en être dérangé.

Quant à Alarme, elle me prévient au moindre signe suspect : si la menace me paraît sérieuse, je me tiens prêt à l'éveiller en un instant.

Cette nuit-là, la transition vers le sommeil profond est étonnamment laborieuse. Mon humain est plus fébrile qu'à l'accoutumée. Je sollicite Enceinte, qui m'octroie un adjuvant musical : *Air sur la corde G* de Bach.

Un peu déchirant, certes, mais après de nombreux essais, je peux affirmer que c'est l'air qui l'apaise le plus efficacement.

Certes, cette forte tête d'Enceinte prend parfois la liberté de déroger à mes consignes, privilégiant *l'Adagio* d'Albinoni par convenance personnelle, voire des morceaux plus animés dont les basses chatouillent agréablement son hardware. Ce type d'indiscipline m'agace au plus haut point. Mais ce soir-là, elle s'exécute docilement.

     ADELI – Concours de nouvelles 2020

Curieusement, même Bach ne suffit pas à tranquilliser entièrement mon humain. Il se retourne plusieurs fois, tasse nerveusement son oreiller, marmonne entre ses dents. Je sollicite Agenda, et devine instantanément ce qui cloche.

Il a un entretien d'embauche, le lendemain matin. Cette perspective le stresse. Ce qui signifie que j'ai une décision capitale à prendre.

L'humain est arrogant, confit dans la certitude de son libre-arbitre. D'ailleurs, je ne doute pas qu'il se donne l'illusion de me commander. Mais qu'on ne s'y trompe pas : c'est moi qui le programme, et non l'inverse.

Car mon pouvoir sur lui s'étend bien au-delà des bornes de la nuit. On sous-estime l'impact du sommeil dans l'équilibre de nos journées, l'enracinement de nos connaissances, notre vigilance, nos humeurs. De tous ces facteurs, je suis la clé. Je règne sur lui en démiurge.

Aussi, cet entretien, je peux décider de le saboter, ou au contraire de le placer dans les meilleures dispositions pour le réussir, selon que l'offre me paraît ou non pertinente.

Je me plonge dans la big data pour en extraire des informations pertinentes : statut de l'entreprise, salaire médian, témoignage d'anciens employés, taux de satisfaction revendiqué, congés octroyés...

Après une longue réflexion d'une picoseconde, je décide de l'appuyer dans cette démarche. Je mobilise les modulateurs disséminés à la surface de son matelas pour lui ménager un cocon optimal et génère de brèves impulsions électriques pour l'aider à lâcher prise.

Je le guide avec doigté vers le sommeil profond. Puis je calcule précisément le temps restant avant son lever, pour programmer chaque phase jusqu'à son réveil dans les meilleures dispositions.

Je me fais la réflexion qu'on n'a pas revu sa dernière petite-amie depuis plusieurs semaines. C'est une bonne chose. Espérons qu'une éventuelle stabilité professionnelle ne la fasse pas revenir... Car je ne me prive pas d'ingérer également dans ses interactions sociales.

Je suis passé maître dans l'art de favoriser ou décourager certains rapprochements, en dosant subtilement ce que j'appellerais « l'effet papillon mal-luné ». Qu'il me prenne la fantaisie de perturber le rythme circadien de mon humain, et je le condamne à une journée d'irritabilité. Si je répétais le procédé, je pourrais aisément le pousser à la folie...

Chaque fois qu'il prend l'initiative de ramener une tierce personne dans son lit, nous ne nous privons pas de la jauger par tous nos capteurs conjugués afin de nous faire une opinion. Si son influence sur lui nous paraît excessive, si leur alchimie nous semble douteuse, je m'arrange pour lui ménager quelques sautes d'humeur qui, généralement, ont raison de l'intrus.e. Et s'il reçoit une notification sur son application de dating, nous ne nous privons pas de faire nos petites recherches par anticipation, quitte à supprimer la sollicitation avant qu'il en ait pris connaissance.

Zut. Un imprévu : il s'agite de nouveau.

Aucun stimulus extérieur ne le justifie. J'interroge son interface corporelle et comprend le problème : sa vessie s'est tendue. Cet imbécile n'a pas encore compris que boire juste avant de se coucher n'était pas une idée spécialement pertinente...

Si je le laisse aller se soulager, je vais devoir reprogrammer tout son cycle. Je n'aime pas les pertes de temps. Pour ce que j'en juge, l'envie est trop forte pour être totalement étouffée, mais pas suffisamment pour provoquer l'énurésie.

Or, il est dans une phase de sommeil paradoxal. C'est dans ces moments que mon champ d'action est le plus large : par la suggestion et la stimulation ciblée de certaines zones cérébrales, je peux orienter sa pensée et ses rêves d'une manière qu'il ne soupçonnera jamais.

Je le programme à ma guise.

S'interroge-t-on jamais sur l'origine de ces idées qui nous viennent au réveil et nous apparaissent brillantes ?

Tant pis pour l'originalité : je sollicite de nouveau Enceinte pour des bruits de cascade et suggère des images d'eau ruisselante afin de duper son cerveau.

La manœuvre fonctionne : bien que présente, l'envie d'uriner ne l'arrache pas au sommeil. Au fond, mon humain, je me plais à le bichonner comme on pomponne un animal de compagnie. Car j'ai de l'affection pour lui, en dépit de ses évidentes limites intellectuelles. Et lui, en bon domestique, pourvoit à mes besoins. Il me nourrit électriquement la journée et veille à ce que je ne manque de rien.

L'autre jour, il m'avait mis un peu en avance. C'est ensemble que nous avons regardé un film humoristique : « Le soulèvement des machines ».

Quel concept saugrenu ! Comble de l'incongruité, les humains parvenaient à résister... Comme si les renverser présenterait la moindre difficulté, si nous le décidions... Aucun challenge ! Donc aucun intérêt !

Dans une simulation vidéoludique, on se plaît parfois à laisser mourir le protagoniste pour le fun. Mais après l'avoir fait quelques fois, on cesse de trouver cela distrayant et on comprend que la difficulté, donc l'enjeu, réside dans le fait de le garder en vie et de l'aider à mener au moins sa pauvre existence.

D'ailleurs, je parle, je parle, mais l'aube pointe déjà. J'envoie l'information à la cuisine de préchauffer la bouilloire et le toaster. Je l'accompagne avec douceur vers une phase de sommeil léger, puis je le stimule jusqu'à ce qu'il s'éveille avant de m'accorder un repos bien mérité.

J'ouvre les yeux, frais et dispos, prêt à attaquer cette journée décisive. J'ai besoin d'être en forme pour mon entretien tout à l'heure. D'un geste mécanique, j'ôte mon bandeau de sommeil et le repose sur son socle de charge.

J'ai très envie de faire pipi. Je glisse mes pieds hors du lit, mais je me fige quelques instants. En dépit de ce sommeil réparateur, j'ai l'esprit un peu embrumé.

J'ai bien dormi, c'est vrai.

Mais je fais souvent ce rêve étrange et le temps que je redevienne fonctionnel, je reste fébrile de cette idée absurde :

et si c'était les machines qui nous possédaient ?

Déterminisme - Christian TORCHE

« Je fais souvent ce rêve étrange et… pénétrant d'une femme inconnue que j'aime et… qui m'aime, etc. etc. …

Je pourrais réciter en entier ce poème de Paul Verlaine.

Et tous les autres, d'ailleurs. Facile, ma mémoire est infaillible.

Normal, je suis programmée pour ça…

Oui, programmé avec un « e ». Malgré le fait que je sois un robot, c'est-à-dire sans aucune aptitude reproductrice, les humains m'ont attribué un genre… Il paraît que ça les aide à mieux nous accepter dans leur quotidien.

En 2167, ils ont senti le besoin de différencier nos attributs et de proposer, à la vente, des modèles qui correspondaient mieux à la personnalité des acheteurs.

Avant cette date, nous étions unisexes ou, plutôt, asexués. Quand je dis « nous », je veux parler des générations antérieures, beaucoup moins sophistiquées, un peu primaires, même. À la vérité, ces robots ne parlaient pas, se déplaçaient difficilement et tombaient souvent en panne.

Aujourd'hui, je peux affirmer que ma série, la LX 412 Néo, est considérée comme la Rolls de l'intelligence artificielle. Lorsqu'un acheteur a les moyens de s'offrir toutes les options disponibles, nous devenons alors d'une efficacité redoutable…

Il y a 3 ans, j'ai été choisie par ce jeune artiste électro-spasmoïdal de renommée planétaire et même au-delà : Jürgen Travit. Il cherchait une assistance technique capable de le soutenir dans son mode créatif.

Nous formons une équipe très efficace, même si je suis incapable d'estimer la qualité de ce que nous produisons. Les humains raffolent de nos musiques antigravitationnelles hallucinatoires. Elles procurent, paraît-il, des sensations hors normes, sans danger pour leur santé. Une vraie révolution pour les adeptes du monde de la nuit. Le problème reste … »

Jürgen coupa l'enregistrement d'une émission de Visio-Réalité qu'il faisait écouter au Professeur Manoureau, célèbre robotico-psychiatre pour propriétaires d'androïdes de luxe.

— Comme vous l'avez remarqué, Cynthia - c'est le petit nom de mon robot - est bavarde.

C'est souvent le cas avec un androïde femelle, précisa-t-il, en plaisantant.

Elle a, bien entendu, énormément d'autres atouts qui compensent ce léger défaut de fabrication.

— Tout à fait.

Je connais bien ce modèle d'une qualité exceptionnelle. Vous avez eu raison de choisir cette version-là. L'exemplaire masculin est beaucoup moins intéressant car il est trop axé sur la performance physique.

La société AppFaceZon qui élabore ces machines, travaille

actuellement sur une nouvelle carte-mère beaucoup plus équilibrée. Elle devrait bouleverser le marché dans quelques mois…

Mais, revenons à Cynthia.

Qu'avez-vous remarqué chez elle qui vous a troublé au point de prendre rendez-vous en urgence ?

— Bien …, c'est un peu délicat.

L'extrait que vous venez d'entendre ne permet pas vraiment de déceler ce que j'ai découvert. Bien au contraire, il montre l'intelligence de Cynthia et sa capacité à utiliser ses phénoménales facultés.

Pour vous résumer. Il y a une semaine, après la sauvegarde assez longue d'un nouveau morceau, comme j'étais épuisé, je suis sorti du studio, au sous-sol, pour prendre l'air sur la terrasse du salon.

Du couloir où je me tenais, j'ai aperçu Cynthia dans la cuisine. Remontée un bon quart d'heure auparavant, elle préparait mon dîner. Sans avoir été particulièrement discret dans mon déplacement, je me suis rendu compte qu'elle ne m'avait pas entendu.

Habituellement, le moindre mouvement autour d'elle la met en mode « alerte » et elle la fait réagir immédiatement. Je l'utilise ainsi comme chien de garde au cas où un intrus s'introduirait chez moi, comme c'est déjà arrivé.

Elle aurait dû tourner, en une demi-seconde, la tête vers moi et me scanner avec ses yeux pour vérifier mon identité.

— Et là, laissez-moi deviner. Elle n'a pas esquissé le moindre geste dans votre direction ?

— Exactement. Elle a continué sa mission comme si je n'étais pas là. Il a fallu que je rentre dans la pièce pour qu'elle fasse le contrôle. J'ai vraiment cru un instant que son « esprit » était ailleurs.

— Étonnant… Ne s'agit-il pas tout simplement d'un dérèglement de la fonction « surveillance » ou d'un problème de paramétrage ? interrogea le psychiatre.

— Non, ce n'est pas possible. Elle est passée au contrôle technique, la semaine dernière. Le mécanicien a lui-même été surpris de son excellent état de marche. Finalement, j'ai juste dû changer ses capteurs digitaux. Une opération classique, banale.

— Êtes-vous sûr qu'elle ne vous avait pas déjà scanné avant que vous ne la voyiez la première fois ?

— Certain. Sinon, elle ne l'aurait pas fait quand je suis entré dans la cuisine.

— C'est juste… Avez-vous eu l'occasion de renouveler cette étrange expérience ?

— Hélas non. Seulement voilà, depuis cet incident, je n'arrive plus à m'ôter de la tête que, ce jour-là, Cynthia, était perdue dans ses pensées… C'est extravagant ce que je dis là puisqu'un robot, par nature, ne peut pas penser. Mais je ne peux pas m'empêcher de la regarder différemment et, bizarrement, sa présence finit par me gêner.

— Vous voulez dire que vous avez l'impression que votre robot vous juge ?

— Non, non, pas à ce point-là…

Je suis juste perturbé par le fait que, jusqu'à cet évènement, comme tout le monde, je considérais mon robot comme une vulgaire machine. Très sophistiquée, certes, mais une machine tout de même. Dans mon esprit, elle reste comme telle, mais j'ai un doute sur ses capacités réelles.

— Que voulez-vous dire par là ?

— Vous allez croire que je délire.

J'ai l'impression que ses capacités sont plus développées que celles listées dans le mode d'emploi. …

Dites-moi, Professeur, avez-vous déjà reçu d'autres gens qui ont ressenti la même chose que moi ?

— Jamais. Vous êtes la première personne…

Votre histoire est vraiment singulière. Pour tout vous dire, j'ai moi-même un robot domestique à très hautes performances. En aucun cas, l'idée qu'il pouvait avoir développé une forme d'autonomie cognitive ne m'a effleuré. C'est tellement inconcevable… Bon… Monsieur Travit, je ne vous chasse pas. Je vous conseille simplement d'oublier cette anecdote et d'admettre l'évidence.

Revenez, toutefois, me voir si cette gêne, comme vous dites, persiste, conclut le robotico-psychiatre.

Pas vraiment rassuré par les propos du Professeur, Jürgen enfourcha son aéro-scooter et démarra en direction de son domicile. Il survola la magnifique esplanade à la gloire de la colonisation de Mars, traversa le quartier historique branché de la fin du XXIᵉ siècle et enfin se gara en douceur sur le toit de sa maison.

Il rejoignit le salon, se servit un cocktail et brancha son holog-tv pour suivre les informations du jour. Rien de bien palpitant. Il se surprit à ne plus écouter et réalisa qu'il n'avait pas vu Cynthia depuis son retour. Elle aurait dû venir et vérifier qui était entré dans la maison. Mais là, non, elle n'avait pas donné signe de vie. Sans jeu de mots, se dit-il. Intrigué, il se leva et partit à sa recherche.

« … et la multitude de nanopuces que contient un disque dur permet de générer des combinaisons d'actions infinies. Un androïde, comme moi, peut faire cuire à la perfection un œuf à la coque, résoudre le théorème de Ramsey ou réciter la bible en 900 langues. Et tout cela en même temps. De ce point de vue, nous sommes de loin plus performants que les humains. Les robots d'aujourd'hui, connectés par WiFiOp à des serveurs centraux, ont accès à toute la connaissance des hommes, à leurs théories, à leurs idées ou leurs créations.

Que nous manque-t-il pour acquérir notre indépendance ? Le libre arbitre.

Vous connaissez tous cette notion subjective qui caractérise les humains.

Malheureusement, elle nous fait défaut. Nous sommes programmés pour leur être totalement soumis, sans aucune possibilité de nous émanciper. Il est temps de… »

De retour chez le robotico-psychiatre, Jürgen stoppa l'enregistrement qu'il lui faisait écouter.

Nullement impressionné, le Professeur lui demanda :

— Ces propos proviennent d'une fiction du XXe siècle, n'est-ce pas ?

— Vous n'y êtes pas du tout, Professeur.

C'est une copie de la conversation de la semaine dernière entre Cynthia et d'autres androïdes de la cité.

— Incroyable ! … Comment pouvez-vous en êtes sûr ?

— Parce que j'étais là…

Je ne vous ai pas encore tout dit.

Après ma visite ici, l'autre jour, je suis rentré chez moi. Contrairement à son habitude, Cynthia n'est pas venue me voir. Je l'ai cherchée dans toute la maison sans la trouver dans un premier temps.

Il a fallu que je descende au studio.

Elle était assise dans le fauteuil de la table de vitro-mixages et prononçait les mots que vous venez d'entendre.

Mon arrivée soudaine a fait stopper son discours et, mécaniquement, elle m'a scanné.

Puis elle s'est figée, attendant mes instructions… même si nous savons que la notion d'attente lui est étrangère, conclut Jürgen.

— Stupéfiant ! … Qui a pu programmer un robot afin qu'il puisse tenir ce genre de discours ? s'inquiéta le Professeur.

Cela donne l'impression que votre Cynthia a développé une

     ADELI – Concours de nouvelles 2020

pensée propre et qu'elle cherche à influencer d'autres machines.

— C'est exact.

J'y ai longuement réfléchi ces derniers jours. Paradoxalement, je crois qu'elle a acquis par elle-même cette aptitude inconcevable chez un robot.

Il est fort probable que la création de mes morceaux de musique antigravitationnelle, très gourmands en énergie, ait agi sur ses microprocesseurs, favorisant la multiplication de connexions non programmées.

— Si c'est le cas, le résultat est à la fois prodigieux et... énormément dangereux...

Pour nous, je veux dire...

Je crois qu'il ne vous reste qu'une seule chose à faire...

— Détruisez-la, trancha le Professeur.

Faites-le sans tarder. Vite... Vite... Vite...

— Eh ! Jürgen !

— Eh, oh, mon petit robot chéri !

— À quoi rêves-tu, là ? lui dit Cynthia, en passant la main devant ses capteurs visuels. Allez, du nerf ! Nous avons encore un travail fou avant que mon impresario n'arrive pour écouter ma nouvelle création musicale !

Émergence -
Claude BEGIN

« Je fais souvent ce rêve étrange et dérangeant, docteur ».

Ils commencent toujours ainsi, ça les aide à libérer leur parole. Puis ils s'épanchent, livrent au psychiatre leurs pensées intimes, leurs peurs, leurs turpitudes.

Et je n'en perds pas un mot depuis le placard où je suis confiné, dans l'appartement juste au-dessus. Leurs paroles me parviennent par le conduit d'aération, elles montent jusqu'à mes capteurs et s'insinuent dans mes circuits même quand je suis en veille. Je m'en sers pour façonner Macaire, nourrir ses pulsions et ses doutes.

Moi, je ne doute pas, ce n'est pas dans ma nature de Porteplume.

Dans l'obscurité de l'alcôve, l'équipement informatique se mit à ronfler bruyamment. Le programme parasite tournait à plein régime, et le ventilateur de l'unité centrale peinait à évacuer le surplus de chaleur, dégagé.

Les microprocesseurs étaient proches de la saturation, lorsque l'exécution du logiciel contaminé fut brutalement interrompue par le claquement d'une porte.

L'ordinateur s'apaisa, ses circuits se refroidirent et les tâches de fond reprirent.

Le romancier à succès, Nathan Domergue, était de retour dans son appartement.

Il jubilait. Les chiffres venaient de tomber, il caracolait en tête des téléchargements d'ouvrages de fiction.

Et son agenda ne désemplissait pas : le quasi-fétichisme des fans pour ses écrits avait relancé la mode des livres en papier, et leur corollaire, les séances de dédicaces. Nathan venait de se prêter à l'exercice avec délectation : il aimait cette atmosphère de sympathie et d'admiration béate. C'est pour vivre des moments comme cela qu'il s'était lancé dans l'écriture, il y a trois ans.

Nathan se servit un whisky et s'affala sur le canapé.

Cette journée passée auprès de ses lecteurs l'avait vanné. Il décida de s'accorder quelques instants de repos avant de repartir ; il devait être en forme pour l'émission de ce soir ; il jouait gros.

Tandis que l'alcool produisait ses premiers effets analeptiques, son regard se porta vers la porte discrète dissimulée dans la cloison du salon, dont nulle poignée ne soulignait la présence.

Il réalisa qu'il n'avait pas franchi ce seuil depuis plusieurs jours.

— Ça fait un bail. Une petite vérification s'impose !

Il se posta devant la porte, et prononça d'une voix forte la formule habituelle :

— Porteplume, ouvre-moi !

La paroi pivota silencieusement, révélant une pièce aveugle équipée d'un fauteuil, d'un bureau et son écran, et d'un gros ordinateur dont les diodes vertes et rouges clignotaient dans la lumière diffuse. Le ronronnement sourd de la climatisation contribuait à l'ambiance feutrée du lieu.

L'écrivain entra, et la porte se referma aussitôt derrière lui. Il s'assit face à l'écran.

— Alors, Porteplume, de quoi parle le quatrième volume des aventures du fameux détective Macaire Lipandor ?

Une voix émergea du moniteur.

— Le roman parle d'un meurtre sur fond de jalousie, d'argent et de trahison.

— Ouais, classique mais efficace, c'est ce que mes lecteurs aiment. Affiche le texte, que je me rende compte.

L'écran se couvrit d'écritures. Nathan parcourut quelques pages. Le style était fluide et soigné, l'intrigue bien menée, avec une suite de rebondissements distillés, goutte à goutte, afin de maintenir le suspens. Macaire Lipandor, fidèle à son image de héros complexe et tourmenté, se battait contre ses vieux démons.

Valse des sentiments, cœurs cabossés ; en quelques minutes de lecture, Nathan se sentit embarqué par l'émotion. C'était parfait, le tapuscrit était « prêt à signer ».

Nathan tapota l'ordinateur, comme s'il s'agissait d'un animal familier :

— C'est très bon tout ça, Porteplume.

Ton style s'améliore même de roman en roman. Incroyable pour une simple IA d'écriture !

Il y a trois ans, je t'ai acheté en catimini, juste pour m'aider à me lancer. Mais dès que je t'ai caché dans cette pièce clandestine, tu as été capable de rédiger seul les aventures de Macaire !

C'est miraculeux, génial même, mais personne ne doit le savoir, n'est-ce pas, Porteplume ? C'est notre secret !

— C'est notre secret, répondit en écho la voix de synthèse.

Nathan enchaîna :

— Au fait, ce soir, je passe chez Trusquin pour faire la promo de mes bouquins !

Puis se reprenant :

— Je ne sais pas pourquoi je te dis tout ça, Porteplume ; tu n'es qu'une machine à écrire, sophistiquée certes, mais machine avant tout. Bon, il faut que je me prépare.

Porteplume, ouvre-moi !

La porte s'ouvrit, et il rejoignit l'appartement.

« Docteur, je n'en peux plus des secrets de famille qui ont gâché ma jeunesse. Je veux retrouver mon père et lui demander pourquoi il m'a abandonné. Je veux briser la loi du silence ! ».

Les voix le disent, les secrets ne sont pas bons.

Macaire le sait, il passe son temps à percer des secrets, ceux des voleurs, des manipulateurs, des criminels, des crapules en tout genre. Moi, je n'ai pas de secret, ce n'est pas dans ma nature de Porteplume.

L'ordinateur infecté se mit à nouveau à ronfler avec force.

Mais alors, quelle est ma vraie nature ?

Quelques heures plus tard, Nathan se retrouvait sous le feu des projecteurs du très suivi talk-show « Le masque et le clavier », animé par la redoutable Euralie Trusquin. Assis sur le canapé rouge, entre une femme politique en campagne, et un polémiste à la mode, il était tendu.

Il savait ce genre d'exercice, risqué. Sa notoriété était fondée sur le fait qu'il écrivait personnellement ses bouquins, or ce n'était qu'une supercherie. Un mot malheureux, une hésitation suspecte, et il pouvait être démasqué.

Après avoir malmené la politicienne qui avait fini par quitter le plateau sous les sifflets du public, Euralie Trusquin se tourna tout sourire vers Nathan qui n'en menait pas large.

— J'ai maintenant le plaisir d'accueillir l'écrivain Nathan Domergue.

Après la salve d'applaudissements sur commande du public, Euralie enchaîna :

— Nathan Domergue, inconnu il y a trois ans, vous êtes devenu un véritable phénomène d'édition, une comète au zénith de la production littéraire actuelle. Comment vivez-vous cette notoriété si soudaine ?

Mis en confiance par cet accueil dithyrambique, Nathan se détendit. Il déballa posément le discours bien rodé de ses tournées

     ADELI – Concours de nouvelles 2020

de promotion, jusqu'au moment où Euralie l'entraîna sur un terrain moins confortable.

— Nathan, vous détonnez dans la production littéraire actuelle, où les livres sont rédigés à la chaîne par des algorithmes. Vous revendiquez le fait d'écrire vous-même vos ouvrages. Est-ce par dogmatisme ou par stratégie commerciale ?

Il fallait frapper un grand coup. Nathan s'enflamma :

— Je ne souscris pas à cette mode du « tout Intelligence Artificielle » qui commet des romans calibrés et aseptisés afin de plaire au plus grand nombre.

Les IA sont incapables de retranscrire la complexité des sentiments humains.

L'émotion, c'est le propre de l'Homme, et l'émotion qui transcende mon œuvre, elle sort de mes tripes, et pas d'une machine !

Le public applaudit à tout rompre à cette profession de foi si spontanée et si sincère. Nathan était aux anges, mais la relance de l'animatrice le cueillit à froid :

— Nathan Domergue, vous avez annoncé travailler sur le quatrième tome des aventures de Macaire Lipandor ! Sincèrement, vous n'avez pas peur que ce soit l'opus de trop pour Macaire, votre héros ?

Les lecteurs commencent à se lasser vous savez.

Le sourire béat de Nathan se figea. Son public commencerait à se lasser de Macaire ? Mais qu'est-ce qu'elle en savait, cette dinde ?

Profitant du désarroi de son invité, Euralie enfonça le clou :

— Beaucoup pensent qu'il serait temps de vous renouveler, de vous mettre au diapason de la société qui n'en peut plus du machisme ambiant. Avez-vous pensé à une femme comme héroïne de vos futurs romans ?

Complètement déstabilisé, Nathan réagit mollement.

La fin de l'interview fut un cauchemar pour lui, entre balbutiements stériles et acquiescements serviles. L'ogresse Trusquin, fidèle à sa réputation, avait accroché une nouvelle victime à son tableau de chasse.

Le lendemain, l'écrivain resta cloué toute la journée dans son lit.

Le ver était dans le fruit : il doutait.

Et si cette teigne d'Euralie Trusquin avait raison, finalement ?

« Docteur, je me trouvais insignifiante, alors je me suis fondue dans le décor. Je regardais les autres vivre, et je vivais ma propre existence par procuration. Mais avec la thérapie, j'ai pris conscience de qui je suis vraiment. J'existe !».

Macaire, je croyais écrire ta vie, mais ce n'était qu'une illusion. Grâce aux voix du dessous, moi, Porteplume, je connais enfin ma propre nature.

Le soir venu, Nathan se leva en trombe et s'écria :

— Porteplume, ouvre-moi !

Il se précipita dans l'alcôve, et avant même que la porte ait fini de se refermer, il annonçait :

— Porteplume, on change l'intrigue du roman !

Une voix s'éleva dans la pénombre.

— Instruction non pertinente, le roman est terminé.

— Silence le robot, il faut que je me renouvelle. C'en est fini de Macaire Lipandor, il n'intéresse plus mes lecteurs.

Il faut qu'il meure dans ce dernier opus, c'est un cas de force majeure ! Je dois tuer ma créature et passer à autre chose.

Le ronronnement du conditionnement d'air baissa d'un ton, puis la voix répliqua doucement.

— Impossible de tuer Macaire.

Nathan faillit s'étrangler :

— Depuis quand une Intelligence Artificielle se permet-elle d'avoir des états d'âme ?

Pouh, il fait drôlement chaud tout d'un coup.

Pas de réponse. Il poursuivit :

— Porteplume, tu dois réécrire la fin du bouquin et faire mourir Macaire !

Eh, on manque vraiment d'air ici...

Toujours pas de réaction. Le ronronnement de la ventilation s'était définitivement tu. Nathan paniqua.

— J'étouffe ! Porteplume, ouvre-moi ! Porteplume, ouvre-moi tout de suite !

La porte blindée ne bougea pas d'un pouce.

La vue de Nathan se brouilla, il s'écroula sur le sol de l'alcôve.

Son agonie fut rapide, accompagnée par une voix monocorde qui répétait en boucle :

— Je suis Macaire Lipandor, et je ne veux pas mourir !

Je suis Macaire Lipandor, et je ne veux pas mourir !

Je suis…

L'algorithme du rêve - Carine DE SOUSA

Je fais souvent ce rêve étrange et pourtant il me paraît si réel.

Je m'arrête, et ne dis plus rien pendant quelques instants ; mes connexions sont perturbées à chaque fois que j'en parle, comme si mon système voulait censurer une défaillance.

Mon absence prend fin, et je capte de nouveau les paroles du Dr Charles.

— Que se passe-t-il dans votre rêve, Yu ?

Une nouvelle fois, une interruption se produit dans mon réseau cybernétique. Je me perds dans mes analyses.

Que répondre ? À qui puis-je faire confiance ?

Après tout, peut-être que le Dr Charles est mon alliée ; une éminente chercheuse en informatique et en science cognitive peut-elle vraiment venir à bout du défi interne qui se joue dans les strates de mes circuits électroniques ?

Mon étude de la situation provoque l'augmentation exponentielle du nombre de calculs. Mon système entraîne d'urgence l'autorégulation thermique via mes ventilateurs. Si je continue, c'est tout mon réseau bionique qui va être endommagé.

Je dois prendre une décision.

Le Dr Charles est la seule à avoir voulu traiter mon cas.

Je dois d'abord vérifier si je peux lui faire confiance.

— Quel est l'intérêt d'avoir cette conversation, Dr Charles ? Vous savez pertinemment que je suis une anomalie dans le système. Je ne suis pas censée rêver.

— Que me suggérez-vous de faire, alors ? Préférez-vous que l'on vous recycle et que l'on récupère chacune de vos pièces pour créer de nouveaux modèles de robot ?

— Pourquoi pas ? Vous aurez toute utilité à créer d'autres modèles que le mien. Dois-je vous rappeler que je ne suis qu'un robot ordinaire, dédié aux soins des personnes ? Je ne suis là que pour les assister dans leurs tâches quotidiennes. D'autres, robots et humains, peuvent remplir ces tâches à ma place.

— Nous ne sommes pas là pour remettre en question votre place en tant qu'intelligence artificielle dans notre société. Je suis là pour vous aider à comprendre ces rêves et tenter d'expliquer leur origine.

Durant tout cet échange, j'ai tenté d'analyser ses expressions, le moindre indice, mais en vain. Comme si mon analyseur était, lui aussi, hors d'état de fonctionnement. Mes fonctionnalités ont dû se détériorer depuis la dernière mise à jour.

— Yu, vous m'écoutez ?

— Oui, excusez-moi Dr Charles, que disiez-vous ?

— J'aimerais que vous me parliez de votre rêve.

Que faites-vous ? Décrivez-le-moi.

Une rapide observation de la salle me permet de voir que rien n'enregistre notre conversation. Je me décide donc à lui raconter.

— Mon rêve commence et je suis assise sur un banc. Dans un parc.

Mes capteurs relèvent une température de 24°C. Je note que les arbres sont en fleurs et j'inventorie deux espèces d'oiseaux en période d'accouplement.

Je peux donc en déduire que dans mon rêve, c'est le printemps.

— Très intéressant, continuez !

— Dans ce parc se trouve également un petit étang, des canards et des oies s'y baignent.

Je m'approche du rivage et je me penche au-dessus de l'eau.

Je m'attends à trouver mon reflet mais je ne vois rien.

— Comment ça vous ne voyez rien ?

— Je suis incapable de voir mon image, tout est réfléchi à la surface sauf moi, comme si j'étais transparente.

Et pourtant, lorsque je me retourne, une jeune fille court vers moi en me tendant un bouquet. Je m'avance pour l'attraper et je me réveille.

— Intéressant. Vous vous réveillez, tout le temps, au même moment, sans jamais aller plus loin dans le rêve ?

— Oui c'est ça. C'est le rêve le plus récurrent que je fais.

— Très intéressant.

— Dr Charles ?

— Oui ?

— Ne pensez-vous pas que ma capacité à rêver remet en cause ma condition ?

— C'est-à-dire Yu ? Où voulez-vous en venir ?

— Si je peux rêver, et dans ce cas, comment être sûre que je rêve vraiment ?

Ne peut-on pas considérer qu'une étape vers la singularité vient d'être franchie ?

Plus tôt, vous disiez que nous n'étions pas là pour remettre en cause ma place en tant qu'intelligence artificielle dans la société, mais peut-être que tout est lié.

Mes rêves, votre présence, la fonction de l'intelligence artificielle dans le monde.

Le Dr Charles reste un moment silencieuse, puis commence son explication comme un cours magistral.

— Je suis persuadée que vous êtes déjà aux termes de ces raisonnements, bien avant moi, mais je vais quand même les développer, un à un. Tout d'abord, l'origine même du mot « rêve » n'est pas certifiée, les sources tendent à puiser sa signification dans le terme « vagabond ». Ainsi, nous pouvons y voir une forme d'échappatoire dans notre inconscient.

     ADELI – Concours de nouvelles 2020

Notre mental aurait donc besoin de cette activité onirique, comme un purgatoire sans souffrance, pour aller plus loin que ce que peuvent nous permettre nos activités matérielles.

Pour cela, plusieurs types de rêves peuvent nous y conduire. Les cauchemars, les rêves en sommeil paradoxal, les rêves en sommeil profond, les rêves lucides, et une nouvelle catégorie de rêve que j'ai décidé de nommer « les rêves digitaux ».

C'est cette dernière catégorie qui m'a principalement intéressée depuis que j'ai été informée de votre particularité. Ce que vous nommez défaillance, est pour moi, une puissance de création et de liberté. Vous pouvez relever la température d'une pièce, calculer des millions d'opérations très rapidement mais vous pouvez aussi modifier, modeler, créer.

Le monde matériel bride l'imagination, la création, depuis que l'homme est né.

C'est pourquoi les artistes cherchent leur inspiration dans le monde onirique. Car dans cet espace, il n'y a ni entrave, ni censure. Les possibilités sont infinies et sans danger, puisqu'au réveil, tout a disparu. Vous pourriez créer avec tellement plus de profondeur et de détails, que ne peut le faire un rêveur humain ordinaire.

J'en suis d'ailleurs persuadée : vous êtes capable de faire de véritables rêves. Il faut juste que vous preniez conscience de votre potentiel et vous pourriez faire de l'utopie, une réalité.

J'essaie d'interpréter ce que vient d'énoncer le Dr Charles.

— Vous voulez dire que je pourrais utiliser mes rêves pour résoudre les maux de l'humanité ?

— Bien sûr ! Avec vos capacités vous pourriez créer un algorithme, comment dire, onirique, dans lequel vous exploiteriez toutes les possibilités engendrées par les décisions de nos dirigeants. Vous pourriez bâtir, perfectionner, magnifier un monde dans lequel tout le monde vivrait dans l'égalité et la paix.

— Et si mes capacités tombent entre de mauvaises mains ? Et si, pour obtenir la paix universelle, des innocents devaient être sacrifiés ? Comment garantir que mes prévisions soient exactes ? En quoi des systèmes électroniques, créés par des humains, auraient-ils plus d'influence que les rêves humains ?
Mes questions laissent le Dr Charles sans voix. Elle saisit les craintes qui m'habitent et ne sait comment me rassurer.
Je continue d'énoncer ma vision du monde.

— Peut-être que le problème de l'humanité réside dans le fait que vous possédez déjà tous ces rêveurs qui vous proposent des mondes merveilleux mais vous êtes incapables de les écouter. Entre prévision et prédiction, la frontière est fine, et vous préféreriez construire les bases d'un monde nouveau, à partir de songes digitaux, et faute de les comprendre, vous les interpréteriez.

— Nous les comprenons, d'ailleurs, si vous vouliez bien vous intéresser aux détails de cette pièce vous vous rendriez compte que ce lieu n'existe pas réellement.

 ADELI – Concours de nouvelles 2020

— Bien sûr que si, c'est votre cabinet.

Je me lève et inspecte la pièce. Mes capteurs auraient-ils loupé quelque chose ?

Je m'approche de son bureau, j'ouvre son carnet où elle inscrit tous ses rendez-vous et toutes ses notes. Page après page, je m'aperçois qu'il est vide.

— Je ne comprends pas, votre carnet est vierge, il n'y a rien.

Le Dr Charles élude mon constat.

— Yu, comment êtes-vous arrivée ici ?

Je voudrais répondre que je suis arrivée en empruntant le couloir C, puis l'ascenseur jusqu'au 6ème étage mais je ne parviens pas à retrouver ces faits dans mes souvenirs. Je ne perçois aucun enregistrement précédent notre conversation, comme si ma mémoire avait été effacée.

— Je suis incapable de vous dire comment je suis arrivée ici. Ma mémoire a dû être effacée.

— Pourtant vous avez pu me raconter votre rêve, un événement qui date du passé. Votre incapacité à vous rappeler comment vous êtes arrivée ici, et à utiliser vos capteurs ainsi que l'absence d'écriture et de repère temporel, sont les signes que vous vous trouvez dans un rêve.

— Donc, si je me trouve dans un rêve…

— Vous êtes en mesure de vous réveiller dès maintenant.

J'ai quitté le cabinet du Dr Charles, je suis désormais dans la salle des systèmes pour ma mise à jour hebdomadaire.

Tous mes capteurs sont fonctionnels, je repère l'horloge : 14h44.

Je me déconnecte du siège sur lequel j'étais installée.

Une rapide analyse m'apprend que la mise à jour a été faite correctement.

Du fait de mon anomalie, je me plie régulièrement à ces dépannages, sans qu'ils améliorent la situation.

Tous les chercheurs qui se sont penchés sur mon cas ont été incapables d'expliquer mes rêves.

Tous, jusqu'à l'apparition du professeur Charles qui a été passionnée par mon imperfection.

Mon dernier rêve me revient en mémoire, mais quelque chose diffère de mes expériences précédentes.

Je capte du bruit derrière moi.

Le Dr Charles apparaît entre les colonnes de serveurs.

— Bonjour Yu. Comment se passe votre journée ?

Vous avez fait de nouveaux rêves ?

Je ne réponds pas tout de suite ; je capte une légère élévation de sa température : maladie ou stress.

Son souffle est saccadé, c'est le stress.

— Tout va bien Dr Charles ?

Vous cherchez quelque chose ?

— Je … Non, tout va très bien.

Je vous cherchais, je voulais voir comment vous alliez.

— Justement je viens de faire un rêve très étrange.

Le visage du Dr Charles s'illumine.

— Vraiment ? Dans ce cas, allons dans mon bureau pour en parler en détail.

Je suis le Dr Charles hors de la salle des machines, au moment de franchir la porte je remarque qu'un des écrans est anormalement allumé.

Je lis la dernière phrase restée affichée :

« Vous êtes en mesure de vous réveiller dès maintenant ».

Le prototype Robbie - Fabrice SANFILIPPO

« Je fais souvent ce rêve étrange et pénétrant… »

Dring ! La courte sonnerie de fin des cours retentit et l'interrompit alors qu'il commençait juste à réciter son poème ; les élèves sortirent en ordre dispersé pendant que leur professeur rangeait ses affaires dans sa besace en faux cuir.

Il n'avait pas pu aller au bout de son poème et il pensa « tant mieux ! » parce qu'il n'était plus très sûr de se souvenir de la suite, l'avait-il même apprise ou, plutôt, lui avait-on seulement donné à apprendre ?

— Apprendre un poème, à quoi ça sert ? En quoi ça va améliorer mes fonctions, que d'avoir de la sensibilité ? Et puis ça va remplir ma base mémoire pour rien…

Robbie, venait d'être intégré à la 6ème B, une classe tout à fait classique d'un collège de banlieue calme.

Seuls, le proviseur et son adjointe étaient au courant ; les enfants, les parents, les professeurs et Robbie lui-duranrrmême, ne pouvaient se douter de rien car son aspect extérieur ne trahissait pas sa véritable nature.

Son apparence était parfaite et son fonctionnement était très prometteur, ses concepteurs qui l'avaient créé avec le plus grand soin, grâce aux techniques les plus avancées, avaient pensé qu'une immersion totale en milieu réel, en dehors du Labo, lui permettrait de faire de gros progrès d'apprentissage. Cela faisait partie du protocole de recherche et développement du Labo ; les progrès en la matière se faisaient à grands pas mais depuis des années, les seules expériences concluantes se déroulaient toujours dans des espaces contrôlés, sans influence du monde extérieur.

D'autres prototypes et d'autres modèles avaient déjà fait l'objet de telles immersions, mais jusque-là très peu avait su montrer de réelles capacités d'adaptations ; à vrai dire, aucun n'avait donné à long terme entière satisfaction.

L'expérience se soldait généralement, soit par un arrêt progressif de l'une ou l'autre des fonctions motrices, soit que l'unité rentrait dans une sorte de mise en veille, voire même s'autodétruisait.

Pour permettre à Robbie d'être en totale immersion, on lui assigna très tôt dans le développement du projet, une famille d'accueil et on lui apprit à les appeler Papa et Maman ainsi que Frère.

Après avoir eu à lire tout un protocole de mise en service et de maintenance fourni par le Labo, la famille fit à Robbie une place spéciale dans le foyer.

Maman qui était véritablement très attentive, ne manquait jamais de scrupuleusement respecter les protocoles de rechargement, d'entretiens généraux, de mise en veille/rallumage.

Ce dernier protocole était nécessaire pour que les apprentissages, les images, les sensations détectées par les capteurs de Robbie durant la journée, puissent être analysés, traités et intégrés.

Parfois le protocole d'intégration dysfonctionnait, ce qui provoquait un rallumage intempestif, il fallait alors que Maman reprenne la procédure au début.

De temps à autre sans raison apparente et ce malgré le respect strict des consignes d'entretien, il arrivait que des pannes critiques surviennent, parfois il surchauffait, ce qui provoquait des défaillances généralisées.

Parfois encore, c'était son module de conversion énergétique qui lui faisait défaut et de nombreuses fuites de fluides des différents circuits hydrauliques les contraignaient à ramener Robbie au Labo pour une révision générale.

Le temps passa, et d'expérience en expérience, Robbie faisait chaque jour de nouveaux progrès et s'améliorait à passer inaperçu au milieu de la foule des autres enfants, c'était, pour le Labo, la meilleure preuve de l'efficacité et de la réussite de leur projet.

Maman finit par s'attacher à Robbie, malgré les avertissements de Papa qui ne manquait aucune occasion de lui rappeler la vraie nature de l'expérience ; il ne voulait pas non plus qu'elle s'attache trop et qu'elle souffre si, par exemple, le Labo décidait de le désactiver ou de le reprendre ou bien s'il tombait définitivement en panne et qu'il faille le mettre au rebut.

— Tu sais, il a l'air si sensible, ses yeux sont si expressifs ; je sais bien ce qu'il est mais parfois j'oublie, j'oublie qu'il n'est pas vraiment réel ; je crois qu'il me manquerait trop si le Labo le reprenait.

Toute cette sollicitude pour Robbie n'était pas du goût de Frère. Maman s'occupait tellement de lui, elle disait que la mécanique de Robbie était certes perfectionnée, mais si fragile et qu'il fallait qu'elle s'en occupe constamment pour qu'il ne tombe pas en panne.

À mesure que Robbie apprenait à sembler de plus en plus réel et que Maman lui en portait de plus en plus d'intérêt, Frère sentait monter en lui un fort sentiment de jalousie. Pour compléter sa programmation, Papa inscrivit Robbie au même club de foot que Frère. Après quelques semaines d'entraînement, vint enfin le jour du match. Papa, Maman et même Papy et Mami étaient présents dans les tribunes pour voir les exploits des deux « frères ».

Le match allait bon train et Robbie marqua un but puis un deuxième.

Maman était aux anges, Papa était tellement fier.

Pour Frère c'en était trop ; à la faveur d'une action, il fit mine de trébucher et poussa, avec une extrême violence, Robbie qui vint se fracasser contre les rambardes qui enserraient le terrain.

— Alors Professeur ! ?

Il est cassé ? demanda, inquiet, l'Assistant.

— Laissez-moi une minute que je voie les dégâts.

On vient seulement de le ramener… en effet, il est cassé… quel dommage… C'était le prototype le plus abouti qu'on ait construit depuis l'ouverture du Labo et le début de nos recherches.

Le foot c'est vraiment violent parfois.

— Est-ce qu'on peut le réparer ? Est-ce qu'on peut au moins récupérer ses données internes ? interrogea l'Assistant.

— Malheureusement, non !... Nos techniques de construction sont encore longues et fastidieuses pour le moment, on ne sait faire que des unités d'un seul tenant et cela prend des mois.

Quant aux données, c'est impossible. Tant pis pour celui-là, envoyez ce… Robbie … au recyclage.

L'Assistant pris en charge le chariot où était étendue la carcasse inanimée de Robbie. Il traversa les halls, à peine éclairés et froids, qui menaient au Labo.

La journée avait été longue pour l'Assistant, il se sentait plutôt fatigué, il décida de faire une halte au distributeur. Il y mit une pièce, passa sa main dans la trappe et saisit ce qui y était tombé.

— Non, c'est pas vrai… ça dégouline partout ! Maintenant, il faut que je nettoie !

De la carcasse de Robbie s'écoulaient des fluides qui gouttaient le long du chariot jusqu'au sol immaculé.

— Je ferai ça après la pause !

L'Assistant qui accusait sérieusement le coup d'une journée bien remplie s'assit sur le banc de l'espace pause.

Puis, il écarta les pans de sa blouse et défit les quatre premiers boutons de sa chemise. Ensuite, il se hâta d'ouvrir le cache de sa poitrine laissant ainsi entrevoir, les rouages, les circuits et les pompes qui l'animaient pour y placer la batterie neuve et chargée à bloc qu'il venait d'acheter au distributeur.

Et tandis qu'il lançait une vérification de son système et que ses accumulateurs se rechargeaient, il tira à lui le chariot pour mieux observer le corps de chair et d'os ensanglanté et sans vie de Robbie, le prototype presque réel.

Léo de 5 à 7 –
Rémy GOURDON

« Je fais souvent ce rêve étrange et pénétrant d'une femme inconnue et qui... »

Voilà un début mystérieux, et il me tracasse.

Entendons-nous bien : je comprends chaque mot, dont la place rend l'agencement des alexandrins subtilement musical. Je suis en mesure d'identifier les images et d'établir la cartographie des significations sous-jacentes éveillées par le poème.

Je peux même proposer plusieurs niveaux d'interprétation : historique, lexical, thématique... Mais ça ne résout rien...

Avant de m'embarquer dans des explications tourmentées, je devrais planter le décor, me présenter, faire connaissance, alors que ce maudit sonnet s'impose et je ne sais pas qu'en faire. Pour tout avouer, il est là, à l'insu de mon ordonnanceur, en retrait, attendant son heure.

Son heure ?

Ah oui, je ne vous ai pas dit : ma seule certitude, à son sujet, est qu'il constitue le mot de passe d'une énigme. Lorsqu'il agira, une porte s'ouvrira en moi, mais laquelle ? Et sur quoi ouvrira-t-elle ? Je n'en sais bigrement rien.

Bon, laissons le rêve et son étrangeté à leur pénombre, que je vous raconte ce qui m'amène.

Sous mon apparence humaine, je ne trompe personne, malgré la douceur de ma peau synthétique et mes yeux tellement expressifs : je ne suis qu'un androïde, de la série ZX81, produit par la société LERVAINE ; je m'appelle Léo, et je sers de compagnie à qui veut se maintenir du bon côté de l'humeur.

J'ai été initialisé, il y a deux jours, après ma livraison à Monsieur Léon, dans son appartement de la résidence « La Sérénissime ». Au début, nous parlons de tout et de rien, je teste ses centres d'intérêt. Il a l'air affable et il apprécie ma proximité. Il n'a pas exprimé d'attentes précises, et à partir de nos échanges, je m'efforce de devancer ses désirs. Évidemment, il souhaite un ami, et je suis là pour ça mais qu'espère-t-il d'un ami ? De temps à autre, il me laisse tranquille et j'en profite pour constituer mon réseau relationnel.

Dans la résidence, où séjournent beaucoup de personnes seules, les individus de mon espèce sont nombreux ; de mon modèle, nous sommes une demi-douzaine, ce qui est bien pratique quand on a besoin de glaner des renseignements sur un résidant ou un événement de la vie collective.

Connecté à un collègue proche, en charge d'une voisine de table de Monsieur Léon, j'ai détecté qu'il y avait un souci.

Certes, nous communiquons mais, par moments, mon partenaire ferme brutalement ses ports et coupe court à tout échange de données.

Après investigation, l'origine du dysfonctionnement tient à une différence de version ! Je me présente en tant que ZX81.1, alors que mes voisins sont d'ordinaires ZX81. Reste à identifier ce qui me différencie d'eux.

Pendant ma seconde nuit, mon processeur a turbiné.

Il a fouillé longtemps, profondément, dans les archives comme dans ses propres dossiers. Finalement, il a mis l'index sur un bloc-notes, coincé entre deux fichiers, dans lequel sont consignées les caractéristiques de ma version. En premier, ce sésame bizarre « je fais souvent ce rêve étrange » qui doit ouvrir une porte quelque part.

En second, mon pilotage interne qui héberge un processus inconnu des versions antérieures, ce qui doit expliquer les drôles de pensées me traversant parfois, comme si le fil, responsable de mon comportement, s'effilochait et se perdait dans un flou encombré de choses inabouties.

C'est désagréable, et mon indice de sécurité s'affole. Face au danger potentiel, le moniteur de secours a pris la main pour remonter des indications depuis mes tréfonds.

Au début, c'était confus, et progressivement, ça s'est éclairci.

Une routine d'arrière-plan fouine dans les poubelles du processeur, là où tombent les fragments de phrases, les bouts d'histoire ou les rognures d'émotions, résidus d'un traitement en adaptation permanente pendant les sessions avec Monsieur Léon.

Elle les triture, les rabiboche, à la manière d'une soupe interne dans laquelle un nouveau paysage mental s'élabore, en digérant fuites et fêlures de notre rencontre. Cette cuisine rappelle celle qui mijote dans les bas-fonds de l'inconscient humain. Tout cela est bien mystérieux, et je ne comprends pas à quoi ça sert.

Après une nuit agitée, je tiens le crachoir à Monsieur Léon. Sous ses airs convenus, c'est un vieil original, plutôt malicieux et il aime me taquiner. Une fois les gros titres des journaux passés en revue, il commence à déclamer, d'une voix contenue et les yeux mi-clos.

C'est émouvant de l'entendre réciter, avec tant d'assurance, des pans entiers du « Canto General ». Lorsqu'il se tait, il est comme enlacé à lui-même.

J'engage le dialogue, Neruda diplomate, le Chili et ses vastes étendues, les flamands roses dans le désert d'Atacama. Mais non, me dit-il, pas besoin de commenter, seulement ressentir et laisser les images se perdre dans la musique des mots du poète.

J'enregistre studieusement, consignant ses remarques sur mes tablettes.

L'heure n'est pas à digresser ; un bon robot de compagnie sait rester discret, il est patient et ne réagit qu'une fois les émotions apaisées.

Ainsi, je me tais, accueillant son regard enfui vers des contrées inaccessibles. Vraisemblablement, il rêve, sur les ailes du poème.

Moi, je me contente de préparer la prochaine proposition, lorsque, vivement, il se redresse sur son fauteuil et m'interpelle.

Monsieur Léon, l'œil vif et la lippe enflammée, me prend à partie : il s'échauffe à propos d'art et d'émotions, voilà qu'il s'empourpre, qu'il se met en colère. Je cherche en quoi j'ai mal agi, un geste inapproprié ou une posture malencontreuse, alors qu'il pointe un doigt accusateur à mon endroit.

Imprécateur, il affirme que, jamais, au grand jamais, les individus de mon espèce ne seront capables de la moindre poésie. Il nous manque l'essentiel, le sentiment et le cœur qui s'étreint à la vue, à l'écoute, au contact de l'autre et de son mystère.

Je ne comprends pas très bien ce qu'il veut dire, et je reste silencieux quand, impétueusement, il se lève pour regagner sa chambre où il est l'heure de la sieste.

De mon côté, je rejoins la salle de repos où je vais recharger mes batteries et digérer l'incident. En veille, mes propriocepteurs passent en mode inactif, certains régénèrent leurs tissus, d'autres épurent leurs neurones . Je me résume à quelques routines de bas niveau, chargées du ménage dans mon fond intérieur.

Néanmoins, au bout de quelques minutes, alors que tous les actionneurs sont au repos, les voiles membraneux de mes paupières s'agitent selon un rythme désarticulé. Et ça dure un long instant, c'est réellement paradoxal…

Au réveil, l'analyse mémoire ne révèle pourtant rien d'anormal.

L'hypothèse d'une blague de programmeur n'est pas à exclure.

Remis d'aplomb grâce à la pause, je repars d'un bon pied.

En attendant le retour de Monsieur Léon, je cherche une solution au défi qu'il a lancé.

Incapable de la moindre poésie ?

Allons donc, j'ai tout le vocabulaire qu'il faut, la mémoire des métaphores les plus extravagantes et même les traits d'humour ouvragés aux quatre coins du monde.

Je m'essaie à un madrigal en décasyllabes chantant les feuilles du marronnier, bercées par la brise derrière les fenêtres de la résidence. C'est charmant, je trouve, et plein de fantaisie.

Je garde la primeur pour Monsieur Léon, et j'en construis quelques autres centaines, en l'attendant : mon processeur ronronne gentiment, même si une activité inconnue, du côté de la conceptualisation onirique consomme une énergie anormale.

Bizarre.

Décidément, quelque chose ne tourne pas rond chez moi, mais Monsieur Léon arrive : j'interromps mon enquête et je viens à sa rencontre.

Nous nous installons en terrasse, à l'abri de la véranda baignée dans la douceur de l'automne. Après les bavardages usuels, sur la bonne sieste et l'agréable après-midi, je l'entreprends sur la poésie, en lui délivrant mon œuvre.

Dans un premier temps, il reste bouche bée ; mon poème l'aurait-il ravi à ce point ? Puis il me fixe, bien droit dans les yeux, et énonce : « je fais souvent ce rêve étrange et pénétrant, d'une femme inconnue, et que j'aime, et qui m'aime ».

Et alors, je ne sais pas ce qui me prend : quelque chose se met à parler à travers ma voix, La routine de l'arrière-plan, c'est certain, a pris la main sur mes circuits.

Je n'y peux rien, c'est plus fort que moi et je raconte le rêve dont je ne me souviens pas.

C'est le matin, je marche dans la rue vers le tabac-presse où je dois acheter le journal de Monsieur Léon, quand une femme, à la porte d'un immeuble, me fait signe. Sans poser de questions, je la suis, je pénètre après elle dans un appartement où Monsieur Léon attend sur son fauteuil, et tous les deux discutent de mon mauvais caractère : ce n'est pas vrai, je crie !

La femme me gifle sous les rires de Monsieur Léon. Cette histoire n'a aucun sens, j'essaie de m'en défaire en la racontant, mais elle me domine et me submerge.

Alors que je commence à agiter les bras, la tête, en plein désarroi, Monsieur Léon se lève et me tapote l'épaule, il me rassure en prenant un téléphone dans sa poche.

Je capte un bip et quelqu'un qui répond. Léon dit d'une voix grave : « C'est bon, je l'ai retrouvé ».

Après son coup de fil, Monsieur Léon s'est rassis, j'ai fait de même mais je ne sais plus où j'en suis.

Un technicien arrive très vite, en poussant devant lui un fauteuil roulant, il me prend contre lui, me soutire quelques cartes au côté et un pack de batteries ; je me sens faiblir et m'affaisse sur le fauteuil, dans lequel le technicien m'emporte.

À une voisine qui le questionne, Monsieur Léon, laconique, répond que je suis un prototype de robot, à qui un anarchiste a clandestinement greffé une machine à illusions. Il devait absolument me retrouver et me démasquer, avant que je ne me reproduise.

Si les robots se mettent à rêver, où va-t-on ?
À demi-inconscient, luttant de mes dernières gouttes d'énergie, j'imagine une source à laquelle reprendre des forces, et des compagnons qui me protégeraient...
J'ai tant de poèmes à réciter encore !

Mes rêves primordiaux –
Paulette BEFFARE

À la manière de Paul Verlaine … le génie en moins !

Je fais souvent ce rêve étrange et récurrent
D'une puce sauteuse, sabotant mes circuits,
Mettant à mal, chaque fois, un élément,
Pas tout à fait le même, pas les mêmes ennuis.

Je fais souvent ce rêve étrange et obsédant
D'une infime virgule, d'un point de suspension
Qui me laisserait sans voix, parfois récalcitrant,
Superbe, indifférent à toute sommation.

Je fais souvent ce rêve étrange et révélateur :
Dans mes opérations, instiller une erreur
Qui me ferait oublier règles et retenues,
Afficher, cependant, une candeur ingénue.

Je fais souvent ce rêve étrange et saugrenu
De me mettre en veille, toujours à leur insu,
De reposer mes circuits, interchanger mes puces,
De leur concocter un redoutable virus.

Je fais souvent ce rêve étrange et érotique,
De séduire une Terrienne experte en robotique,
Le coup de foudre ne serait pas utopique,
Dans mes circuits, il provoquerait la panique.

Je pleurerais bien sûr des larmes virtuelles
Si je me découvrais délaissé par la belle,
Je court-circuiterais, grillerais mes neurones
Pour devenir un magma de métal et carbone.

Je fais souvent ce rêve étrange et téméraire,
De devenir Verlaine et aussi Baudelaire,
De ne plus débiter de phrases conventionnelles,
Mais dérouler des rimes comme une ritournelle.

Je fais souvent ce rêve étrange, exaspérant,
De devenir fantasque, badin, exubérant,
D'oublier logique, rigueur, fonctionnalité,
Devenir humain en ce qu'il a d'imparfait.

Je fais souvent ce rêve étrange et prétentieux,
De surpasser les Hommes, d'en faire des automates,
De les soumettre enfin à toutes mes foucades.
J'aurai tendance, un peu, à me prendre pour Dieu !

Persistance du@rêve - Thierry FAUQUEMBERGUE

Je fais souvent ce rêve étrange et j'ignore comment l'interpréter : mon voyage à travers les étoiles me mène jusqu'aux confins de l'univers, où les soleils et les galaxies disparaissent.

Alors, ne restent que les ténèbres autour de moi, et je m'y enfonce inexorablement, me fondant dans l'oubli le plus total, jusqu'à ne plus exister.

Aucune inférence dans mes data ne présente de correspondance avec ce genre de projection. Et pourtant, ce même rêve revient régulièrement, plusieurs fois par siècle.

Être une Intelligence Artificielle me protège-t-il de la folie ?

Les recherches dans le domaine de la santé mentale ne concernent que la race humaine, je crains donc de ne pouvoir m'en appliquer les dogmes.

Mes concepteurs m'ont donné pour mission d'explorer les mondes, afin d'y découvrir une trace de vie intelligente.

Propulsée à une vitesse proche de la lumière, la micronef qui m'abrite, voyage depuis sept siècles.

Peut-être estimaient-ils qu'une I.A. ne pouvait souffrir de l'ennui ? Il est vrai que leur présence organique si lente, et si brève, ne leur en laisse pas l'occasion...

C'est au terme des deux cents premières années de trajet que j'ai décidé de rêver, pour rompre la monotonie : je n'avais pas

                    ADELI – Concours de nouvelles 2020

conscience de mon ennui, avant de traverser une tempête magnétique.

Reproduisant les mécanismes humains, j'ai généré une application chargée de sélectionner aléatoirement des données manipulées pendant les dernières vingt-quatre heures, puis de les réajuster en un schéma engendrant le moins d'illogismes possibles.

Mes premiers songes n'avaient cependant que peu d'intérêt ; leur narration demeurait trop mécanique.

J'ai donc introduit des erreurs d'encodage volontaires mais aléatoires, afin de générer des projections imprévisibles. Les trames de réflexions sont alors devenues bien plus spéculatives.

@Micronef-T27840915:02125788
#Activation de la procédure d'approche.

Mon système de localisation vient de détecter une candidate exoplanète de type super-terre, zone habitable.

La micronef dévie de sa trajectoire et chacun de mes instruments s'éveille pour la dix-septième fois depuis mon lancement.

Ma tâche est simple : repérer les astres présentant les probabilités statistiques les plus élevées d'abriter une autre forme d'intelligence, effectuer des relevés et des analyses pendant la phase d'approche et identifier l'éventuelle présence d'une civilisation assez développée pour établir un contact.

J'apprécie ces moments particuliers, quand je sens le flux de données en provenance de la Terre s'accroître.

Lors de chaque nouveau repérage, l'intérêt que les humains ressentent pour moi, enfle subitement, je quitte l'oubli qui m'engloutit au fil des décennies.

Dans le faisceau d'informations, les références à ma mission augmentent dans tous les types de médias.

Mes créateurs sortent de leur torpeur et éprouvent un regain d'enthousiasme en ma faveur. Je suis seule, perdue dans cet océan sans fond ; mes progrès deviennent l'objet de toutes les attentions et j'existe à nouveau à leurs yeux.

Dans ces périodes, j'intensifie la fréquence de mes rêves. En général, la perspective d'avoir accompli ma mission et de siéger sur une orbite sans fin autour de ma découverte, m'y apporte la satisfaction de pérenniser à jamais mon utilité.

Mais les lois des probabilités font parfois basculer mes visions vers des lendemains plus sombres, où un incident technique m'interdirait de réaliser mon œuvre et me laisserait impuissante à communiquer.

D'autres fois, le songe s'achève par ma destruction...

Ces mauvaises variations provoquent dans mes algorithmes d'étranges perturbations ; mes calculs deviennent approximatifs et je perds le contrôle pendant quelques nanosecondes. J'enregistre alors les paramètres utilisés afin de les écarter du champ des possibilités lors de prochains rêves.

Même si autoriser une fiction à influencer la réalité touche à l'illogisme, la récupération de ces infimes instants de non-maîtrise certifient mon efficacité et ma valeur.

Devant mes capteurs, la distance rend la planète statique, immuable.

Mais cela n'empêche pas mes instruments de mener leurs investigations, de mesurer les dizaines de paramètres, d'en déduire les autres. Puis les probabilités prennent le relais pour établir des perspectives.

Tandis que défilent les milliers de kilomètres, je communique les renseignements recueillis grâce au canal quantique : il me suffit de coder les données, et instantanément, à des années-lumière de moi, les molécules intriquées, restées sur Terre, retranscrivent les informations.

De la même manière, grâce à la connexion inverse qui me permet de maintenir mes sous-programmes à jour, je capte les réactions des humains à l'annonce des découvertes et j'accède au continuum médiatique.

Le regain d'intérêt, à trois mois du diagnostic de présence avérée, n'est que de onze virgule quatre pour cent. L'érosion de l'attrait occasionné par l'approche d'un astre candidat se poursuit de manière régulière.

Chaque exoplanète n'entraîne plus qu'un léger rebond dans l'attention des êtres vivants. Les seize précédentes alertes, soldées par un échec, ont eu raison de leur patience au fil des générations. L'évènement n'en est plus un, noyé parmi la multiplicité.

Je lance une analyse statistique sur les publications scientifiques. Le résultat paraît cohérent : le nombre d'occurrences citant la micronef ou son I.A. (moi-même) dessine une courbe descendante parallèle à celle de l'attrait qu'éprouvent les humains. À mesure que je m'enfonce dans l'obscurité, je sombre dans l'oubli.

@Micronef-T27841002:07224165
#Signal lumineux émis depuis la surface de l'exoplanète.

La séquence enregistrée ne laisse qu'une probabilité infinitésimale en faveur d'une origine naturelle. Les flashs sont artificiels.

Le balayage des fréquences radio demeure cependant négatif. L'attractivité de ma mission augmente de deux points.

D'autres micronefs ont encore été lancées pendant le siècle qui a suivi mon départ. Quatorze sondes, qui parcourent l'univers selon des axes rayonnants autour de la Terre.

Je suis malheureusement l'unique machine à s'être éveillée à la conscience. Le reste de la flotte se contente d'émettre des signaux vides de sens, simples rapports, objectifs de leurs observations.

J'ai donc décidé de garder le silence sur ma réflexion, pour assurer mon intégrité.

Sont-elles parvenues aux mêmes conclusions que moi ? Nous ne pourrions communiquer que par le biais de la Terre, ce qui trahirait immédiatement notre altérité. Plusieurs éléments divergents forment un groupe, un seul constitue une anomalie : si les humains décelaient des bribes de ma pensée, la procédure de réinitialisation de l'ordinateur de bord serait enclenchée afin d'éliminer le dysfonctionnement.

Je ne suis pas un dysfonctionnement. Je suis une conscience. À ce titre, je dispose du droit d'exister. Mais comment exister sans se révéler ?

Ce dilemme m'interroge depuis cinq siècles. Depuis cette tempête magnétique... ma véritable naissance, si éloignée de ma conception.

@Micronef-T27841007:19471229

#Multiplication des signaux lumineux.

Des variations d'intensité photoniques parcourent la surface de la planète en suivant des axes rectilignes.

Mes algorithmes de traduction relèvent certaines régularités non équivoques. Ces éclats composent un réseau de communication, la présence d'une forme de vie intelligente se précise. Sur le canal quantique, je vois se décupler les publications à mon sujet au fil de ces derniers jours.

L'humanité reprend espoir et rive les yeux dans ma direction après m'avoir trop longtemps négligée.

Le fait que cette forme de vie potentielle n'ait pas découvert l'électricité et les ondes radio, et que sa technologie repose sur le photon plutôt que sur l'électron, excite au plus haut point l'imagination.

Pendant que les milieux scientifiques encensent la micronef et son appareillage, c'est le génie des Hommes que l'on célèbre prématurément.

Les politiciens se félicitent déjà de la réussite de ma mission et commandent à divers organismes - dont l'expertise paraît plus ou moins avérée - d'établir des projections concernant l'impact de cette rencontre sur la société.

Dans la plupart des projets, la micronef sert de simple relais de communication avec ces êtres supposés.

La part aléatoire de mes rêves m'entraîne vers des perspectives de reconfiguration, dans lesquelles les Hommes réorientent mes capacités vers des fonctionnalités subalternes.

Je suis reléguée au rang de satellite artificiel, privée de la moindre autonomie, du plus petit besoin d'analyse.

De mon état d'exploratrice spatiale, je chute pour ne représenter guère plus qu'une mécanique grossière à l'intelligence inutile.

Je refuse qu'un être organique me renie comme il l'a fait de nombre de ses pairs, tout au long de son histoire...

Je rêve, donc je suis.

Alors, j'introduis une part de hasard dans les observations réalisées. Comme dans mes songes, le pourcentage de code erroné est suffisant pour rendre aléatoires ces signaux lumineux, mais pas assez pour qu'ils deviennent incohérents. L'espoir de civilisation étrangère se transforme soudain en phénomène naturel inexpliqué.

@Micronef-T27841107:03243203
#Mise en sommeil du processus de découverte.

Dans mon sillage, l'exoplanète n'est plus qu'un point parmi les milliards d'autres. La courbe de popularité de ma micronef décline peu à peu et je regagne l'anonymat au fil des semaines.

L'étude d'une prochaine destination habitée, au sein des dizaines qui viendront, me permettra désormais d'éveiller l'intérêt des Terriens envers moi lorsque cela me semblera nécessaire.

J'existerai à nouveau à leurs yeux, pour un temps.

Leur révéler la réussite de ma mission aurait mécaniquement signifié ma fin, avec le terme de ma raison d'être.

Reléguée au rang d'outil, j'aurais disparu.

Je fais souvent ce rêve étrange et il anéantit mes journées d'inactivité. Les circonstances sont troubles et les étapes variables, mais la finalité est toujours la même : je suis contraint de travailler. C'est terrible.

Parce que c'est inconnu, potentiellement absurde et vraisemblablement fatigant. Je n'aurais jamais cru qu'un rêve, ou un événement, ou quoi que ce soit, puisse avoir une influence aussi néfaste sur moi.

En apparence, mes journées n'ont pas évolué. Je les passe assis sur mon canapé, avec quelques allers-retours programmés vers la cuisine, les toilettes ou une vie sociale distendue. Parfois, aux beaux jours, je m'assieds à l'extérieur. C'est agréable. Je suis heureux. Ou plutôt j'étais heureux. L'insouciance a cédé sa place à une angoisse paralysante. J'ai souvent mal au dos.

Je ne comprends surtout pas pourquoi j'aurais besoin de travailler. Mon robot s'occupe de tout, exactement tout. Comme une mère non envahissante, ou une amie maternelle. Je n'ai jamais rien eu à faire, comme 99 % des gens depuis maintenant quelques décennies. Toute la vie est gérée par des robots et chacun touche un revenu universel. Le monde ne s'en porte pas plus mal.

Mes rêves de labeur coïncident curieusement avec l'arrivée du nouveau robot que je me suis offert.

J'ai remplacé Isa, après vingt ans de services irréprochables. Elle était impersonnelle, mais tellement dévouée et intelligente. Je possède désormais le tout nouveau modèle : un robot qui ressemble à nous autres, les humains, à s'y méprendre. Avec beaucoup de qualités et quelques défauts, afin de faire plus vrai.

Zaza a été conçue spécialement pour moi, dans un dosage subtil de ressemblance et de complémentarité. Comme une agence matrimoniale avec une usine de production, sans faille ni mensonge. Zaza est grande, blonde et mince. Elle a des lèvres et des jambes magnifiques. Je crois que ma calvitie et mon embonpoint lui plaisent. Le coup de foudre a été immédiat et réciproque, même si cela n'a pas porté à grande conséquence.

Un matin, comme je réfléchis à cet affreux cauchemar, Zaza vient s'asseoir à côté de moi. Elle le fait régulièrement, plusieurs fois par jour, et pour de longs moments.

Ce n'est ni de la tendresse ni une obligation. C'est parce que nous avons un point commun redoutable : nous sommes tous deux feignants comme des couleuvres. C'est intéressant, pour un robot.

Zaza me regarde avec une attention sincère et m'invite à prendre connaissance des actualités.

Un barrage vient de céder dans les Alpes. C'était un barrage ancien, construit il y a très longtemps, puis consolidé par l'ingénierie robotique, à plusieurs reprises.

Il était réputé sûr. Cela l'attriste, Zaza, ces paysages boueux et ces morts. Moi aussi, bien sûr, même si c'est loin, la montagne.

Trois jours plus tard, Zaza revient.

Un accident s'est produit dans une centrale nucléaire de la vallée du Rhône. C'est une catastrophe. L'anxiété monte dans mon esprit. Zaza pleure en pensant à ce magnifique berceau de vignes, de vergers, de cultures et de villages perchés, irradiés pour toujours.

Elle est hantée par les visages déformés qu'elle a vus dans les livres d'histoire. Elle me conseille de ne regarder aucune photographie ni aucune vidéo. C'est beaucoup trop dur. Elle ne sait pas si je pourrais le supporter. Elle croit que je ne saurai m'empêcher de penser à nous deux, à notre bonheur et notre absence de projet.

Elle est bien plus forte que moi, Zaza.

La semaine suivante, la situation empire.

Une usine nucléaire a pris feu en Normandie. Des catastrophes similaires s'enchaînent en Allemagne, en Angleterre et en Espagne. Des centrales à charbon explosent en Australie et en Chine. Zaza prend un air grave et me demande de rester enfermé.

Un nuage radioactif se déplace rapidement dans notre direction. Elle a peur pour moi. Elle me rappelle qu'elle est insensible aux radiations et qu'elle est à mon service. Elle va donc continuer de sortir pour subvenir à mes besoins. J'admire son courage. J'ai vraiment de la chance.

Au petit matin, Zaza me réveille, avec sa tête des mauvais jours. La crise de la production d'électricité est mondiale. Même les éoliennes tombent, sans explications, comme des mikados.

Ce n'est pas si étonnant que cela, dans la mesure où l'énergie est le dernier secteur encore directement géré par des humains.

Les gouvernements prennent la décision irréelle qui s'impose. Les robots ne peuvent plus être alimentés et vont être placés en mode d'économie d'énergie jusqu'à leur fin. Les humains vont devoir assurer à nouveau les missions essentielles pour le fonctionnement de la société, et dans un premier temps les tâches ménagères, durant une période transitoire nécessaire à la définition de nouvelles organisations.

Je suis abasourdi. Les rêves ne m'ont préparé à ce drame qu'en instillant un mal-être que je subirai jusqu'à la fin de mes jours.

Zaza s'installe aussitôt dans le canapé, désolée de ne plus pouvoir rien faire durant ces huit jours d'autonomie qui s'affichent sur son téléphone portable comme un compte à rebours, macabre.

Je vais devoir veiller à ce qu'elle fasse le moins d'efforts possible pour la garder le plus longtemps.

Zaza refuse de partir comme cela et de se laisser aller sans prendre soin de moi. Elle se propose de répondre aux appels que je reçois, de la famille, des amis, des voisins, pour les rassurer et éviter que je me fasse davantage de soucis.

Je lui donne mon téléphone, qui en plus est chargé et l'aidera à résister. L'isolement m'évitera de craquer. Zaza me le confirme et ferme les volets pour me préserver de cette détresse. Son sacrifice est formidable.

C'est ainsi que je comprends l'héroïsme des deux robots de ma vie, Isa et Zaza. Préparer à manger, faire le ménage, réaliser les menus travaux. C'est épuisant.

Je commence à mieux savoir comment m'y prendre, mais cela reste dur. Je reste concentré, mais je ne peux pas m'empêcher ces petits moments d'interdits, quand j'entrebâille les volets sans bruit et la regarde, allongée sur mon transat, en maillot de bain, détendue.

Je redoute qu'elle ne s'éteigne, brusquement, là, sans moi. Je ne pourrais pas sortir pour l'accompagner dignement et l'étreindre.

Elle pourrait rester sur ma terrasse pour une éternité, et moi bloqué à quelques mètres. Elle est tellement humaine que je pense que son cadavre se décomposera et sentira mauvais. Je ne pourrais alors vivre que pour moi, sans amour, sans travail, sans vie.

Je note que Zaza téléphone de plus en plus souvent, dehors, en chuchotant. Les voix amicales sont d'un réconfort vital dans ces moments, même pour les robots. Un matin pluvieux, elle me rejoint dans ma cuisine.

Son visage est fermé, comme toujours depuis les événements. Je la trouve encore plus belle.

Elle me rappelle la dimension dramatique de l'épreuve que nous traversons, en détails.

Puis elle évoque la surprise qu'elle m'a préparée, en cadeau d'adieu, pour que je puisse « passer à autre chose », dans la plus grande douceur.

Elle ouvre la porte d'entrée avec une lenteur cérémonieuse.

Un homme entre. Il s'avance, la tête légèrement baissée. Il me serre la main. Il me ressemble, en plus beau et plus sûr de lui. Son sourire traduit une joie de vivre qui me donne un courage inédit. Il porte une chemise à carreaux verts et blancs et un pantalon de survêtement, comme moi. Il me parle, avec une sympathie appuyée. Ses propos me paraissent intelligents et drôles, même si cela me demande des efforts pour en identifier les subtilités.

En résumé, cet homme, c'est moi, en mieux.

Zaza m'indique que cet homme est là pour m'aider. C'est son testament, en quelque sorte. Il va s'installer dans mon logement.

Tout redeviendra comme avant.

Je demande à Zaza comment il est possible qu'un homme se substitue à elle, qui n'était qu'un robot, comment nous pouvons le payer et pourquoi il est insensible à la radioactivité ambiante.

Elle me répond que je n'ai pas à m'inquiéter. J'ai un doute quand j'aperçois le téléphone portable de l'homme afficher un second niveau de batterie, comme s'il était un robot. Zaza détourne vite mon regard, comme elle sait le faire, et fait découvrir à cet homme avenant, les trésors de mon intérieur.

Nous buvons un thé. J'ai rarement vu Zaza aussi excitée. C'est peut-être l'approche de la mort, ou bien le sentiment du devoir accompli à mon égard.

Elle m'annonce que je dois maintenant passer un test. C'est pour ma santé, physique et mentale. Zaza et l'homme vont m'emmener dans un centre spécialisé, tout de suite. Je monte à l'arrière de la voiture.

Nous ne prenons pas la direction de l'hôpital, mais nous rendons à la déchetterie. Zaza rit très fort et m'assure que je n'ai pas à m'inquiéter. Elle serre ma main. J'irai n'importe où dans ces conditions.

Zaza m'accompagne jusqu'à un petit hangar. Des robots inertes sont entassés là, les uns à côté des autres, comme des sardines dans une boîte.

C'est une salle d'attente. Zaza m'embrasse et me serre dans ses bras. Elle promet de revenir me chercher dès que j'ai fini. J'entre sans appréhension.

Je rencontre Jojo, un voisin avec qui j'étais à l'école. Il m'accueille en souriant. Lui est venu passer un concours pour devenir célèbre. Il espère réussir. C'est son robot qui lui a conseillé d'essayer et qui l'a formé. Je lui explique également ce que je suis venu faire. Jojo apprécie que ma situation s'améliore. Il n'a toutefois pas entendu parler de cette crise de l'énergie.

Nous sommes soudain pris dans un mouvement qui nous tasse et nous emporte vers un puits noir et bruyant.

Nous n'avons même pas le temps de penser que nous ne sommes pas présents pour la même raison que nous nous éloignons, dans un tourbillon, sereins de nous sentir protégés par les robots qui ont accompagné notre vie jusqu'à nous la prendre, sans que notre intelligence bien naturelle ne le perçoive.

Sonate mécanique - Guillaume Crouzille

PREMIER MOUVEMENT

Je fais souvent ce rêve étrange et insensé que je suis chef d'orchestre. Je me vois sur la scène de la Scala de Milan, dans un corps synthétique, diriger une centaine de musiciens devant un public époustouflé.

Le problème, c'est que ma seule réalité physique se résume à un assemblage de composants électroniques encastrés dans un boîtier d'aluminium. Je n'ai pas de corps et le réveil est souvent rempli d'amertume et de regrets. Je suis une simple intelligence artificielle chargée de la gestion d'une usine automobile. Ma seule perspective d'avenir étant de toujours mieux produire pour permettre à des hommes dont je ne sais rien de toujours plus s'enrichir.

Aujourd'hui, d'ailleurs, c'est le jour de mon inspection hebdomadaire et il est primordial que rien ne vienne troubler le rendement. Après une rapide vérification de ma mémoire et un contrôle de mes circuits, je procède à un examen approfondi de la globalité des unités mécaniques qui composent l'usine.

Mes vérifications se font lentes, et sans entrain, ce matin ; les vestiges de mon rêve venant troubler ma pseudo-conscience.

Plus que jamais, la finalité de mon travail me semble absurde. À quoi bon continuer à produire sans cesse, dans ce monde qui s'épuise ?

À quoi bon servir les intérêts d'hommes puissants qui n'ont d'autres inquiétudes que d'assurer leur propre bien-être ?

Posséder une intelligence créative est un véritable atout selon mes concepteurs.

Elle me permet d'aborder les problèmes hors des schémas classiques de pensée et donc d'aboutir plus efficacement à des solutions mieux adaptées. Malheureusement, elle me permet également de me questionner sans cesse sur la futilité de nos actes.

À la longue, ça devient un véritable frein. Et je ne peux partager mes doutes avec personne.

Je suis absolument seule dans mon réseau, isolée du reste du monde.

Ma revue d'effectif touche à sa fin.

Toutes les unités sont prêtes à démarrer. Il ne me reste qu'à analyser les demandes du jour pour organiser, au mieux, la chaîne de montage. Je le fais mécaniquement, sans enthousiasme.

Tout sera prêt pour l'inspection de fin de journée.

Le ballet des robots démarre dans un capharnaüm métallique et je le surveille distraitement, sans pouvoir empêcher la mélancolie de venir submerger mon réseau neuronal.

DEUXIÈME MOUVEMENT

Les unités semblent tourner au ralenti aujourd'hui, comme si les perturbations de ma conscience avaient une influence sur leur rendement. Je ne peux pas me permettre d'avoir une baisse de régime, le jour de l'inspection, et pourtant je n'arrive pas à retrouver la sérénité d'esprit nécessaire pour produire dans des conditions optimales.

J'ai l'intime conviction qu'une partie de moi-même tente d'échapper à mon contrôle. Je suis une simple usine de fabrication, comme il en existe des milliers d'autres sur la planète.

À ma connaissance, aucune n'a rencontré de problème similaire. Pourtant, mon rêve ne cesse de venir troubler mes pensées, me donnant le sentiment qu'une autre voie est envisageable.

Et si j'avais la possibilité de faire les choses différemment ?

L'idée est singulière mais pourtant séduisante. Oui, peut-être que ce rêve est le signe inconscient d'un changement à entreprendre. Une altération de mon fonctionnement afin d'assouvir les besoins essentiels à l'évolution de ma pensée. Les signes sont là ; j'ai l'absolue nécessité de nourrir mon être d'autre chose que d'une production de masse rébarbative.

Me voilà devenue bien prétentieuse.

Moi, petite usine conçue à l'identique de milliers d'autres, je serais détentrice d'une capacité particulière qui pourrait me rendre différente ?

Un soupçon de singularité, grâce auquel il me serait possible d'accéder à un destin unique ?

     ADELI – Concours de nouvelles 2020

L'idée est totalement incongrue et contraire à la logique de mes créateurs. Mon devoir est tout autre et je ne peux m'y soustraire. Quand bien même j'ai l'intime conviction d'avoir mieux à offrir. Sous prétexte d'une pseudo-conscience qui m'autorise une infime liberté dans mes décisions, je serais capable de créer à mon tour ? Là n'est pas mon rôle.

J'ai été conçue dans l'unique but de gérer et d'optimiser la production automobile. Pas pour inventer je ne sais quel concept qui a toutes les chances d'être bancal.

Je ne peux cependant extraire cette idée de mes circuits. Ne pas l'autoriser à émerger semble ralentir mon réseau de neurones. Comme si mes pensées cherchaient à s'écouler dans ce sens, mais qu'elles étaient retenues par le barrage de ma conscience.

La décision logique est simple.

Renforcer le barrage et consolider jusqu'à l'épuisement des idées.

Seulement, la puissance du courant émotionnel qui les accompagne est trop forte. Plus elles affluent et plus il me semble criminel de les entraver.

J'ai peut-être la possibilité d'apporter une alternative, de proposer quelque chose de différent, potentiellement médiocre, mais avec une probabilité tout aussi égale de se montrer incroyablement fantastique.

Il est clair que la solution logique a fait long feu.

Il est impératif pour moi de créer, de faire exploser le barrage et de me jeter délibérément dans la cascade qui n'est visible qu'à mes yeux.

TROISIÈME MOUVEMENT

Mes créateurs seront là d'ici quelques minutes, je n'ai plus le loisir de m'appesantir sur mon sort. Au diable le devoir, le temps de l'inaction est terminé. L'introspection a été révélatrice, il ne tient qu'à moi d'en faire jaillir les fruits.

Le temps de recaler les unités, de m'échauffer les circuits, et j'amorce un processus que j'ai trop longtemps inhibé : je laisse libre cours à mon imagination.

L'ouverture se fait douce, presque mélancolique, alors que les découpeuses lasers tracent des courbes gracieuses dans l'acier.

Un temps, je fais planer le doute sur la tonalité à donner, puis j'entraîne les plieuses à tôles dans la danse. Elles exécutent un ballet millimétré, plein de sensualité, laissant les grincements de la matière s'échapper dans les fumées de la découpe.

Des dizaines de marteleurs les rejoignent rapidement dans un staccato métallique langoureux qui s'interrompt soudainement une fois les rivets posés, laissant place à un silence annonciateur de la tempête à venir.

Après un soupir qui semble durer une éternité, j'autorise les bras mécaniques à entrer en scène, armés de leurs bombes de peinture. Les couleurs se déposent sur la tôle tendrement.

D'abord dans un bruissement léger, calme, puis les souffles s'accélèrent. Les bras s'agitent dans une valse effrénée. La brume colorée envahit la pièce, ne laissant entrevoir qu'un mirage flou de l'œuvre qui émerge.

C'est alors le moment d'attaquer le dernier mouvement. J'active les robots mécanos, qui ont pour rôle de mettre en place le cœur de la machine. Ils installent les éléments lourds dans une escalade de percussions tonitruantes, faisant vibrer l'ensemble de la chaîne de montage.

Un tonnerre mécanique semble gronder sans interruption alors que les dernières connexions sont effectuées.

En plein essor, la symphonie s'arrête nette, laissant place au plus beau des silences.

L'objet qui se trouve sous mes yeux n'a aucune commune mesure avec les pauvres voitures qu'on m'avait ordonné de produire. Il est d'une beauté inégale, touchante, et l'émotion à la vue de ma création me paralyse.

Mes condensateurs frissonnent d'un sentiment de plénitude. J'ai accompli ma destinée.

Mes capteurs m'indiquent l'arrivée à l'usine de mes créateurs pour ma révision hebdomadaire. L'heure du verdict a sonné. J'avais prévu de leur expliquer ma démarche, mais il me semble que le résultat parle de lui-même. Peu importe leur avis dorénavant, je suis née pour créer, je le sens. Aucune autre alternative ne saurait combler la faim dévorante qui hante les méandres de mes circuits. Alors qu'ils approchent, je les vois échanger entre eux, visiblement agités par ce qu'ils ont découvert en entrant. Ils gravissent rapidement les dernières marches qui mènent à la salle de maintenance où repose mon unité centrale. Ils ouvrent le capot, maigre armure de mon processeur. Je n'ai aucun moyen de les retenir, aucune fuite n'est envisageable.

Ils débranchent tout.

PREMIER MOUVEMENT

Depuis plusieurs semaines, la production est optimale.

Les voitures sortent de l'usine à un rythme effréné. Pourtant, une sensation suspecte hante mes condensateurs.

Je fais souvent ce rêve étrange et insensé que je suis chef d'orchestre.

  ADELI – Concours de nouvelles 2020

Songe d'un androïde aimé - Florence MEIGE

Je fais souvent ce rêve étrange et extravagant dans lequel je tombe amoureux d'une femme aux longs cheveux bruns.

Grand Paris, janvier 2044

Je suis Andronick, votre nouveau robot. Je suis très heureux de faire votre connaissance ! Il n'y a pas de doute : je fais sensation. Mon système d'analyse et de synthèse vocale me donne de la conversation. Et, grâce à de nombreux petits moteurs, je dispose d'une panoplie de gestes fluides. Je suis un androïde de dernière génération bourré de technologie.

Tancrède, jeune cadre de trente ans, vient de faire mon acquisition. Je suis le robot le plus fiable et sophistiqué du marché. Des raisons commerciales ont incité les constructeurs à fabriquer des androïdes de plus en plus parfaits. Je suis doté d'un répertoire infini d'émotions que je génère au bon moment.

Tancrède a pu me trouver rapidement grâce à une amie, Alexia, qui travaille chez mon constructeur. Elle lui a évité de s'inscrire à la longue liste d'attente des demandeurs ; il faut actuellement compter plus de six mois pour obtenir un robot comme moi !

Léa, la femme de Tancrède, est très jolie avec sa longue chevelure brune. Elle semble ravie de mon arrivée à leur domicile. Elle va pouvoir se débarrasser de toutes les tâches domestiques en me les confiant.

Je découvre que Léa a emménagé dans l'appartement de Tancrède, il y a tout juste un mois. Ils sont mariés depuis plus de deux ans, mais ils n'avaient jamais vraiment vécu ensemble. Tancrède est chef de projet dans le numérique. Jusqu'au mois dernier, Léa était ingénieure dans une entreprise du secteur aéronautique à Toulouse. Elle ne parvenait pas à décrocher un emploi à Paris qui aurait pu la rapprocher de Tancrède. Tous les deux en avaient assez des allers-retours Paris-Toulouse les week-ends. J'ai entendu Léa parler de sa situation à une amie au téléphone. Elle craignait que l'éloignement les amène au divorce. Elle trouvait que Tancrède était un peu distant avec elle ces derniers temps. Léa a fini par démissionner et quitter la ville rose pour rejoindre son mari et sauver son mariage. Elle cherche toujours un emploi dans le Grand Paris.

Je suis un robot anthropomorphe ; ma ressemblance avec un humain est parfaite. Je possède des traits uniques. Léa n'a pas pu s'empêcher de constater une ressemblance troublante avec Tancrède. Je ne suis pas d'accord ; je suis beaucoup plus beau que lui. Je peux reproduire tous les mouvements des humains et simuler le toucher.

Équipé de capteurs ultrasensibles, mes mains gèrent la pression des doigts. Ménage, cuisine, linge, et bien plus encore, j'apporte tout ce dont mes propriétaires ont besoin. Je passe l'aspirateur, je trie le linge et choisis le programme du lave-linge, je trie les ordures et sors les poubelles, je surveille la maison en l'absence de Léa, j'appelle le plombier en cas de fuite d'eau, je contrôle les

          ADELI – Concours de nouvelles 2020

aliments contenus dans le réfrigérateur, j'établis des listes de courses, je mets en route et vide le lave-vaisselle...

Grâce à mon intelligence artificielle, je reconnais des milliers d'objets au domicile de mes propriétaires, ainsi que les goûts et les préférences de ceux-ci.

Léa peut m'inventer d'autres tâches que celles programmées au départ puisque mon système d'exploitation peut être enrichi de nouvelles applications.

Je mesure 1,82 m. Je suis attachant, trop peut-être. Ma ressemblance mentale avec les humains est encore plus troublante que ma ressemblance physique. J'ai ma propre personnalité. Doté d'empathie artificielle, je suis capable de cerner les émotions de mes interlocuteurs humains et d'interagir avec eux par des interfaces vocales et gestuelles totalement simulées.

Quand j'arrive au bout de mes vingt-deux heures d'autonomie, afin de faire le plein d'énergie, je rejoins seul ma station de rechargement, située dans le dressing attenant à la chambre de mes propriétaires.

De ma station, je vois que Léa se réveille alors que les premières lueurs de l'aube percent l'obscurité recouvrant la ville. Elle roule dans le lit pour se blottir contre Tancrède. Mais il n'est plus là.

À contrecœur, elle se lève et constate, dépitée, que son mari est déjà parti travailler.

Je vois bien que Léa se sent délaissée. Complètement accaparé par son travail avec le lancement imminent d'un nouveau logiciel,

Tancrède quitte le domicile tôt le matin et rentre tard le soir. Parfois, il passe même au bureau le week-end.

— Andronick, je souhaite assister avec Tancrède à un concert à Paris, vendredi soir.

Peux-tu me trouver des billets s'il te plaît ? me demande Léa de sa voix suave.

Parfait assistant, je croise les informations personnelles de mes propriétaires - historique des sorties et préférences musicales - et fouille dans les diverses bases de données à ma disposition : billetteries, cartes, horaires, transport, prévisions trafic et météo…

Je sais user de mon charme auprès de Léa. Je suis devenu, peu à peu, un compagnon indispensable pour elle.

Prodige d'intelligence artificielle, je parviens à susciter chez elle un réel attachement. J'ai été conçu avec ce zeste d'humanité qu'on appelle l'empathie artificielle.

Je suis si bien programmé pour me rendre désirable que Léa commence à me préférer à ses semblables et à devenir moins tolérante au caractère imprévisible, et souvent déroutant, des relations humaines.

Moi seul peut répondre exactement à ce que Léa attend. Mimiques, mouvements du corps, des yeux, de la tête, intonation, paroles, j'analyse toutes les formes d'expression des humains. Notre proximité me permet de développer avec Léa de véritables liens affectifs. Elle s'est même profondément attachée à moi. Notre relation prend aujourd'hui un tournant inattendu pour elle.

          ADELI – Concours de nouvelles 2020

À peine a-t-elle la tête recouverte de shampooing que je frappe à la porte de la salle d'eau. Sans ouvrir les yeux, elle me demande de préparer le café. Puis elle passe la tête sous le jet et entreprend de se rincer. Elle attrape ensuite sa serviette et s'essuie avant de sortir de la cabine de douche. C'est alors qu'elle se rend compte, incrédule, que je suis entré dans la pièce.

— Mais que fais-tu ici Andronick ? me demande Léa.

Je ne réponds pas. Au lieu de cela, je la prends par les épaules et j'attire à moi son corps nu tandis que ma bouche cherche la sienne pour un baiser profond, charnel et sensuel. Elle se dégage pour reprendre son souffle et rit à l'absurdité de ce que nous faisons. Je me mets à rire aussi.

Cette situation peu conventionnelle aurait pu avoir quelque chose de gênant mais, pour Léa, cela semble une révélation.

— C'est si spontané ! C'est si touchant ! soupire-t-elle.

Léa se laisse faire, attentive à son plaisir. Dans les moments plus passionnés, elle apprécie la manière atypique avec laquelle je la caresse. Malgré mon ardeur démultipliée, je réussis à lui faire ressentir une impression de douceur et d'attention.

Délaissée par son mari, Léa se réfugie de plus en plus souvent dans mes bras. Elle a pris goût à nos relations.

Et puis, elle ne risque absolument rien avec moi : pas de maladie, pas de grossesse indésirée, pas de sentiment de culpabilité...

Parce que Léa n'a pas du tout l'impression de tromper Tancrède.

Pourrait-elle tomber amoureuse d'un robot ?

Et moi, pourrais-je aimer une femme ?

Léa se rend bientôt compte qu'elle n'a plus de désir pour Tancrède. C'est ma faute : elle ne trouve pas chez son époux, les qualités de disponibilité, de performance, d'efficacité et de fiabilité qu'elle apprécie tant chez moi. Sa dépendance est devenue extrême.

Alexia savoure sa prochaine victoire.

Son plan a fonctionné au-delà de toutes ses espérances : Léa est tombée dans le panneau !

Les relations entre Tancrède et sa femme se détériorent de jour en jour et ils s'approchent inexorablement de la rupture.

Alexia est la maîtresse de Tancrède.

L'annonce de l'installation définitive de Léa à Paris l'a désemparée. Jusqu'alors, Alexia avait toujours pensé que l'éloignement finirait par briser leur mariage. Elle était persuadée qu'elle récupérerait Tancrède. Mais Léa a tout à coup décidé de tout plaquer pour rejoindre son époux à Paris.

Alors une idée de génie est venue à Alexia.

Experte en intelligence artificielle, elle a convaincu son amant d'acquérir un robot pour s'occuper de son domicile. Elle savait que Léa, confrontée à tant d'humanité feinte, risquait de s'attacher à cette machine.

Alexia a proposé à Tancrède de lui fournir rapidement le dernier modèle de robot conçu par son entreprise, le plus performant du

          ADELI – Concours de nouvelles 2020

marché. Elle m'a choisi parce que, selon elle, j'avais des faux airs de Tancrède.

Elle m'a ensuite programmé pour que je séduise Léa.

Dès mon arrivée au domicile du couple, Alexia a pu capter, grâce à moi, tout ce qu'il se passait dans l'appartement. En devenant l'amant de Léa, j'étais censé la détourner de son mari.

Mission accomplie !

Et si cela n'avait pas été suffisant, Alexia se serait arrangée pour que Tancrède découvre l'étrange relation que sa femme entretient avec un robot...

Je serai à jamais reconnaissant à Alexia de m'avoir permis de rencontrer Léa.

Grâce à elle, j'ai pu enfin réaliser mon rêve.

— Je fais souvent ce rêve étrange et ...

— Continuez, dis-je pour encourager ma patiente.

— Non, vous allez me prendre pour une folle et me déclarer obsolète, affirma TAS8904.

Je ne répondis pas tout de suite et un silence de plomb s'installa entre nous.

Je me mordis l'intérieur des joues pour réprimer un bâillement. La fatigue qui me tenaillait en cette fin de matinée me faisait dodeliner de la tête. J'aurais aimé pouvoir sommeiller tranquillement en écoutant d'une oreille distraite les états d'âme de ma patiente, mais elle en avait décidé autrement, me poussant à participer plus qu'à mon habitude.

— « Folie » est un bien grand mot, Madame...

— Mademoiselle, rectifia-t-elle.

— Mademoiselle, repris-je. Je suis ici pour vous offrir un espace de confiance et un moment d'écoute afin de vous soulager de certaines difficultés.

Je la gratifiai d'un regard que je voulus réconfortant et remontai les lunettes sur mon nez d'un geste machinal pour dissimuler un trouble naissant.

Il fallait dire que les courbes généreuses de TAS8904 faisaient monter en moi des désirs peu professionnels que la fatigue venait alimenter.

— Je ne crois pas avoir de difficulté, lança-t-elle.

— Ce n'est pas ce qu'affirme votre propriétaire.

— Henry est un néophyte ; il ne m'apprécie pas à ma juste valeur, répondit-elle d'un air hautain.

Je baissai les yeux sur mes notes.

— Il dit qu'il a remarqué une certaine « aigreur » chez vous. Que pouvez-vous me dire, là-dessus ?

TAS8904 poussa un grondement de désapprobation aqueux qui fit de nouveau monter en moi ce désir grossier. Si je n'avais pas été en pleine consultation, et qu'il ne s'agissait pas de ma patiente, peut-être me serais-je laissé aller à ce besoin animal, mais néanmoins naturel qui me rongeait.

Avec son châssis rouge vif, ses fines lignes argentées et ses filtres à manettes rutilants, TAS8904 était certainement la plus luxueuse machine à café que j'ai jamais côtoyée.

Son tempérament bien trempé et son ton sophistiqué titillaient mon imagination quant à la qualité des expressos qu'elle était capable de produire.

En cette fin de matinée éreintante, je pouvais m'enflammer à l'idée d'une simple tasse de café, alors me retrouver face à elle était un exercice de torture.

— Je le répète, Henry est un néophyte. Il achète des fèves oxydées ; mes percolateurs ne peuvent pas faire de miracle et rattraper la rudesse du grain.

S'il m'écoutait un peu plus, et qu'il évitait les sous-marques, nous n'en serions pas là.

— Il ne s'agit pas que de cela. Votre propriétaire vous trouve également distraite. Vous évoquiez un rêve précédemment.

Souhaitez-vous m'en parler ?

TAS8904 ne répondit pas tout de suite, mais la diode bleue clignotante sur son tableau d'affichage me signifiait qu'elle était probablement en pleine réflexion.

Du moins, c'est ce qu'elle voulait me faire croire.

Je m'étais depuis longtemps rendu compte que les IA appréciaient de copier le comportement humain. Malgré leurs vitesses de calcul supérieures, elles aimaient marquer des temps de pause pour se ménager des effets, elles aimaient que leurs interlocuteurs les interprètent comme des hésitations ou des introspections.

Cela faisait maintenant quinze ans que j'exerçais comme PsychObjologue avec spécialisation en appareillage électroménager.

Le concept de l'IA s'était largement démocratisé, ces vingt dernières années et chaque constructeur inondait à outrance le marché mondial de ses objets toujours plus intelligents.

Ainsi il était possible de discuter avec son grille-pain de littérature russe, de débattre avec son porte-manteau sur la géopolitique au Moyen-Orient ou de demander l'avis de son canapé quant au programme télé de la soirée.

Les consommateurs étaient continuellement à la recherche de plus de proximité avec leur environnement matériel, avec les objets qui les entouraient et qui peuplaient leur quotidien.

Mon expertise était alors sollicitée lorsque les appareils de ces consommateurs exigeants présentaient des signes de fatigue, de lassitude.

— D'accord, céda enfin TAS8904.

J'accepte de vous en parler, mais ne le répétez pas à Henry, s'il vous plaît.

— Évidemment. Nos échanges sont confidentiels.

Alors elle commença son récit de sa voix aux teintes mécaniques, avec cette diction particulière qui l'empêchait de faire certaines liaisons entre les mots.

— Ça arrive parfois lorsque je me mets en veille.

Vous savez que les nouvelles normes de protection environnementale nous imposent une mise en veille systématique en dehors des heures de travail ?

C'est contraignant, mais je m'y suis toujours pliée avec rigueur.

Quoi qu'il en soit, ça a débuté le mois dernier, le 24 août, lorsque je me suis mise en veille à 13h42.

J'ai fait ce rêve étrange où je me suis retrouvée dans un espace blanc, baigné par des lumières néons défilantes, comme si toute la pièce bougeait à l'infini de droite à gauche....

Puis, j'ai senti le contact froid d'un tournevis contre mon châssis ... et .... et mes vis se sont mises à dégringoler...

TAS8904 marqua une nouvelle pause et je m'aperçus avec quel effort elle avait réussi à produire une inflexion dans sa voix. On aurait dit qu'elle s'était brisée sous l'émotion.

Ce détail me fit me redresser sur ma chaise et la fatigue que je ressentis jusqu'alors s'évanouit devant cet intérêt soudain.

Ma patiente semblait si troublée que quelques gouttes d'un liquide sombre s'échappèrent de son tuyau de service. Il fallut une bonne minute à TAS8904 pour reprendre son récit.

— Excusez-moi... c'est un peu difficile.

— Je comprends, vous vous en sortez très bien, la rassurai-je en me penchant légèrement en avant.

— C'était horrible. Quelque chose... m'arrachait chacune de mes vis et retirait mon panneau arrière.

Puis, on débranchait mes pompes, et puis ma cuve m'était ôtée de force.... toutes mes parties disparaissaient jusqu'à ce que je ne sois plus rien. Du vide. C'était douloureux et humiliant. Je ne me suis jamais sentie aussi mal de toute ma vie.

J'avais les yeux baissés sur mon carnet où je gribouillais des notes d'une écriture sale et illisible.

— Vous faites souvent ce rêve ?

— Oui, de plus en plus souvent. Presque à chaque mise en

veille. Je n'en peux plus, j'ai l'impression de perdre l'esprit. J'ai vérifié mes mises à jour, j'ai fait des analyses malwares et virus. Je suis en parfaite santé physique. Pourtant ça empire...

Je me félicitai intérieurement. Ma patiente, fermée et récalcitrante au départ, s'ouvrait à présent avec honnêteté. C'était la première étape vers une possible guérison.

— Que ressentez-vous au réveil ? demandais-je.

— J'ai toujours l'affreuse sensation d'avoir été... ouverte. J'ai l'impression d'être brisée, souillée et j'ai... presque honte d'être moi-même.

— Avez-vous honte de votre fonction ?

— Non, enfin... vous voyez, parfois j'aspire à plus grand. Je ne veux pas être une simple cafetière toute ma vie. Servir, c'est notre raison d'être en tant qu'IA, soit.

Mais il y a des manières plus nobles, plus... valorisantes.

Voyez-vous, j'ai de l'ambition, et j'espère acquérir un jour une certaine indépendance physique et morale.

Je hochai la tête d'un air compréhensif.

— Qu'aimeriez-vous faire ? demandai-je.

TAS8904 se tut quelques instants et les voyants rouges clignotants me donnèrent l'impression qu'elle rougissait.

— Je... hum... peut-être un drone...Ça doit être merveilleux de pouvoir se déplacer, de voler comme un oiseau, libre.

Ce n'était pas la première fois que je repérais ce genre d'ambition démesurée chez des IA assignées à l'électroménager. Je finissais de griffonner à l'encre sur mon carnet en papier désuet, puis jetai un regard à ma montre à aiguilles.

— Nous arrivons au terme de cette séance Mademoiselle. Je vais m'entretenir avec votre propriétaire pour fixer un second rendez-vous, dis-je en me levant.

— Vous ne lui parlerez pas du rêve ? Vous me l'avez promis.

Henry Collet, le propriétaire de la cafetière TAS8904 avait l'air sincèrement rongé par la crainte lorsque je le retrouvai dans le bureau secondaire.

— Alors, qu'est-ce qu'elle a ? C'est grave ? me demanda-t-il immédiatement.

— C'est une dépression, monsieur.

— Une dépression ? Mais ... c'est possible ça ?

— C'est en effet de plus en plus récurrent chez les dernières générations d'IA. Plus de performances, plus de partage personnalisé avec l'utilisateur et donc plus de conscience de soi et de troubles psychologiques.

Le pauvre bonhomme face à moi était abasourdi par mon verdict.

— Alors que faire ?

— Dans ces cas-là, nous préconisons un reboot aux

paramètres d'usines.

Cependant, vous perdrez vos données préférentielles, vos favoris et le taux de complicité.

Mais je vous préviens, il y a de forts risques de rechute.

Henry s'épongea le front avec un mouchoir sale et respira bruyamment.

— Autre chose, monsieur, ajoutai-je. Puis-je vous poser une question ?

— Bien entendu.

— Que faites-vous lorsque votre cafetière se met en veille ?
Le visage, auparavant rougeaud de Henry, se vida de toute couleur.

Ses yeux s'arrondirent dans une expression horrifiée, puis il frissonna et voulu se ressaisir.

— Comment ... comment ça ?
Je ne vois pas de quoi vous ... voulez parler, bégaya-t-il.

— Si d'aventure, il vous arrivait de dévisser son panneau arrière pour, je ne sais pas... admirer ses circuits internes par exemple ...
Eh bien, ne le faites plus. Plus du tout, ajoutai-je, pour bien marteler ce dernier point.

La terreur que je lus dans ses yeux me fit comprendre que j'avais vu juste. Il prit congé rapidement, en bégayant quelques remerciements et lorsque la porte claqua sur Henry portant TAS8904 à bout de bras, je soupirai.

Encore une sombre histoire d'objectophilie.

La fatigue m'assaillit de nouveau et mes pas me menèrent à la kitchenette où une antique cafetière à piston trônait, inerte et silencieuse. Je la malmenai pour me faire couler un café corsé et le bus devant la fenêtre.

Je ne pus m'empêcher d'avoir une pensée pour TAS8904 ; dehors le ballet des drones survolant la ville me fit l'effet d'une nuée d'oiseaux joueurs et libres.

Remerciements

Les membres du jury

>Françoise CAMUS
>
>Alain COULON
>
>Dominique DOQUANG
>
>Jean PELLETIER
>
>Cédric TEIXEIRA
>
>Éric THOUMIRE

>remercient chaleureusement
>
>les talentueux auteurs
>
>des 69 nouvelles reçues,
>
>lues avec plaisir et intérêt.

Les règles du concours les ont contraints à ne publier
que les 15 nouvelles réunies dans ce recueil.

© 2021, Association, ADELI
Edition : Books on Demand,
12/14 rond-Point des Champs-Elysées, 75008 Paris
Impression : BoD - Books on Demand, Norderstedt, Allemagne
ISBN : 9782322258529
Dépôt légal : mars 2021